KB000243

REBIRTH ACE 리버스 에이스

REBIRTH
ACE 리버스 에이스 7

한승현 장편 소설

초판 1쇄 찍은 날 | 2017년 2월 14일
초판 1쇄 펴낸 날 | 2017년 2월 21일

지은이 | 한승현
펴낸이 | 예경원

기획 | 위시북스
편집책임 | 박우진
편집 | 이즈플러스

펴낸곳 | 예원북스
등록번호 | 제396-2012-000132호
등록일자 | 2012. 7. 25
KFN | 제1-076호

주소 | 경기도 고양시 일산동구 호수로 646-24 위너스21 Ⅱ 빌딩 206A호 (우)10401
전화 | 031-819-9431 팩스 | 031-817-9432
E-mail | yewonbooks@naver.com

ⓒ한승현, 2016

ISBN 979-11-6098-086-8 04810
　　　979-11-5845-486-9 (set)

REBIRTH ACE

리버스 에이스

WISHBOOKS MODERN FANTASY STORY

한승현 장편소설

7

본색

CONTENTS

37장
마무리는 깔끔하게

1

"다음 소식입니다. 자카르타 아시안 게임에 출전한 한국 야구 대표팀이 승부치기 끝에 대만을 2 대 1로 물리치고 우승을 차지했습니다. 이 소식 조미래 기자가 전해 드립니다."

한국 야구 대표팀의 금메달 소식은 곧바로 언론을 통해 보도되었다.

야구인들은 대표팀이 난적 대만을 상대로 신승을 거두었다며 그 결과를 높이 평가했다.

"좀 더 시원하게 이겨줬으면 좋겠지만 이번에 대만 전력이 만만치가 않았잖아요? 엔트리를 보니까 절반 이상이 해외파던데요."

"어디 그뿐입니까? 우승 한 번 해보겠다고 일찌감치 현지 적응 훈련까지 떠나지 않았습니까?"

"모르는 사람들이야 누워서 떡 먹기라고 말하지만 3연속 금메달, 그게 쉬운 게 아니죠."

"암요. 우리 선수들 장합니다. 잘 싸웠습니다."

류현신과 추신우가 빠지면서 전력 약화가 우려됐지만 끝내 대만을 꺾고 우승을 차지했다.

이만하면 충분히 칭찬받아 마땅하다고 여겼다.

하지만 정작 여론은 기대만큼 뜨겁지 않았다.

└우승하는 게 당연한 거 아냐? 아시아에서 야구하는 나라라고는 한국, 일본, 대만뿐이잖아?

└참가국이 8개국밖에 안 된다며. 거기서 1등 못 하면 붕신이지.

└피똥 싸면서 겨우겨우 이겨놓고 야구인들 헛소리하는 것 좀 봐라. 대만이 언제부터 난적이었냐?

└그냥 니들이 좋아하는 선수들 병역 혜택 받아서 신난다고 그래. 호들갑 떨다 욕 들어 먹지 말고.

국민 상당수는 야구 대표팀의 우승을 당연하게 받아들였다.

아시아 최강을 다투는 일본이 아마추어 선수단을 파견한 만큼 금메달은 떼어 놓은 당상이었다는 것이다.

일각에서는 병역 혜택을 받은 선수들의 활약에 의문을 제기하기도 했다.

└한정훈 말고 나머지는 한 게 뭐냐?

└맞아. 그 한성대학교 투수는 공 5개 던지고 군 면제 받았다며?

└와, 진짜 다시 태어나면 야구를 하든가 해야지.

└두고 봐라. 이렇게 군 혜택 받아놓고 나중에 WBC나 프리미어 나오라고 하면 앓아눕는 새끼들 나올 테니까.

국위선양보다는 병역 혜택의 수단이 되어버린 아시안 게임 우승에 딴죽을 거는 목소리들은 좀처럼 사라지지 않았다.

아시안 게임에서 별다른 활약을 펼치지 못한 일부 미필 선수들의 명단을 올려놓고 병무청에 신고해야 한다는 악성 댓글들도 심심찮게 눈에 들어올 정도였다.

하지만 한정훈에 대해서만큼은 아시안 게임 금메달에 부정적인 네티즌들조차 인정하는 분위기였다.

└확실히 한정훈이 잘 던지긴 하더라.

└이승혁 해설하는 거 못 들었냐? 병역 브로커 자리 한정

훈에게 넘겨줘야겠다더라.

　└한정훈 병역 브로커 맞지. 예선전에 계속 놀다가 결승전에 깜짝 활약 펼쳤으니까.

　└그거 입금이 안 돼서 그런 거 아니냐?

　└뭐라는 거냐? 한정훈 컨디션 난조로 계속 고생했던 거 모르냐?

　└농담은 좀 농담으로 받아들여라. 혼자 진지 빨지 말고.

　아시안 게임 결승전 호투 덕분에 한정훈의 주가는 급상승했다.

　아시안 게임 전까지만 해도 한국 야구의 미래를 이끌어 갈 기대주였다면 지금은 거의 대한민국의 에이스로 인정하는 이가 많았다.

　하지만 위상 상승이 꼭 긍정적인 것만은 아니었다.

　일부 팬들은 틈만 나면 한정훈과 선배 류현신을 비교하며 분란을 일으켰다.

　└한정훈하고 류현신. 한 명만 데려간다면?

　└븅신아, 당연히 한정훈이지.

　└나도 한정훈.

　└와……. 다들 한정훈빠냐? 아니면 스톰즈빠?

　└뭐래? 뜨는 태양하고 지는 태양하고 같냐?

ㄴ나도 지금은 한정훈. 하지만 전성기 기준으로 보자면 류현신. 안 그럼?

ㄴ응, 안 그래. 한정훈은 아직 전성기 오지도 않았거든?

2006년, 괴물 신인 류현신이 데뷔와 동시에 다승, 평균 자책점, 탈삼진 타이틀을 휩쓸고 투수 부분 트리플 크라운과 신인왕, MVP까지 독식했을 때 이 기록이 쉽게 깨질 거라 생각한 야구팬들은 단 한 명도 없었다.

그래서 류현신은 팬들의 사랑을 독차지했다. 소속 구단인 이글스 팬들이 아니더라도 모두 류현신을 인정했고 존중했다.

그때 류현신이 받았던 사랑들이 아시안 게임을 계기로 한정훈에게 고스란히 옮겨 가버렸다.

반면 국가 대표 부동의 에이스로 군림하던 류현신은 어느새 옛 투수가 되어버렸다.

소속팀과의 계약 문제로 아시안 게임 출전을 포기해 버린 탓에 골수팬들조차 침묵을 지켰다.

ㄴ뭘 어렵게 따져. 시즌도 얼마 안 남았는데 06현신 vs 18정훈. 단순히 기록만 비교해 보자고. 그럼 답 나오잖아? 안 그래?

ㄴ만약 이런 상황에서 한정훈이 MVP라도 받는다면 류현

신 기록 다 제치겠는데?

데이터를 중요시하는 야구팬들의 관심은 류현신 이상의 존재감을 뽐냈던 한정훈의 루키 시즌 최종 기록에 쏠렸다.

2006년 류현신은 30경기에 등판해 18승 6패 1세이브, 2.23의 평균 자책점을 기록했다.

승률은 0.750, 201과 1/3이닝 동안 204개의 탈삼진을 잡아냈다.

반면 한정훈은 아시안 게임 출전 전까지 총 21경기에 등판해 16승 1패, 0.92의 평균 자책점에 94.1%의 승률을 기록 중이었다.

투구 이닝은 166이닝, 탈삼진은 232개였다.

데이터만 놓고 봤을 때 최다 승리를 제외하고 나머지 기록들은 이미 한정훈이 앞선 상황이었다.

최소 7경기 등판이 예정된 상황이라 최다 승리는 물론이고 류현신의 투구 이닝도 넘어설 가능성이 높았다.

시즌 초만 해도 류현신의 루키 시즌 기록을 잣대로 들이대던 언론들도 어느새 무등산 폭격기 선동연을 비롯한 최고 투수들의 기록을 비교 지표로 내세울 정도였다.

그러나 정작 한정훈은 개인 기록에 신경을 쓸 여력이 없었다.

동부 리그와 달리 서부 리그 포스트시즌 경쟁이 치열했기 때문이다.

〈2018 프로야구 서부 리그 중간 순위 09/06〉

1. 창원 다이노스 78승 1무 45패 0.634
2. 서울 베어스 75승 2무 45패 0.625 1.5
3. 안양 스톰즈 68승 54패 0.557 9.5
4. 대구 라이온즈 66승 4무 56패 0.541 11.5/2.0
5. 부산 자이언츠 62승 2무 62패 0.500 16.5/5.0
6. 고양 히어로즈 56승 1무 66패 0.459 21.5/12.0

120여 경기가 치러진 상황에서 스톰즈는 다이노스, 베어스에 이어 3위를 달리고 있었다.

스톰즈가 창단 첫해 가을 야구를 하기 위해서는 무조건 3위를 수성해야 하는 상황이었다.

하지만 전력을 재정비하고 바짝 뒤를 쫓고 있는 라이온즈와 자이언츠의 뒷심은 만만치가 않았다.

선발진의 줄부상과 용병 선수들의 부진으로 한때 5위까지 추락했던 라이온즈는 올스타 브레이크 이후로 8할대의 승률을 기록하며 단숨에 4위까지 뛰어올랐다.

같은 기간 스톰즈도 위닝 시리즈를 거듭하며 선전했지만 한때 10경기까지 차이가 났던 경기 수는 어느새 2경기 차이로 좁혀져 있었다.

시즌 초 리빌딩을 선언했던 라이온즈 유중인 감독도 어떻게든 3위를 탈환해 가을 야구를 하겠다는 뜻을 밝혔다.

라이온즈 팬들은 시즌 후반에 더 강해지는 라이온즈의 특성상 역전 포스트시즌 진출을 기정사실로 받아들였다.

반면 올해 처음으로 리그에 참가한 스톰즈 팬들의 입장에서는 선수들의 선전을 바랄 수밖에 없었다.

라이온즈에 밀려 5위로 내려앉았지만 자이언츠의 3위 가능성도 아직 남아 있었다.

공교롭게도 자이언츠는 스타즈, 위즈, 히어로즈 등 하위권 팀과의 잔여 경기가 많았다.

만약 하위 팀에서 시즌을 포기하고 신인 선수들 위주로 라인업을 구성할 경우 자이언츠의 대반격도 가능하다는 예상이 적지 않았다.

이런 상황에서 에이스인 한정훈이 할 수 있는 건 한 가지뿐이었다.

호투.

그리고 승리.

9월 11일. 위즈와의 원정 4연전 마지막 경기에 선발 등판한 한정훈은 8이닝을 3피안타 무실점으로 틀어막으며 시즌 17승째를 챙겼다.

결승전 이후 7일 만의 등판이라 컨디션은 더없이 좋았다.

스타즈에게 맹추격을 받고 있는 위즈 타자들이 악착같이 달려들었지만 더욱 날카로워진 한정훈의 패스트볼을 공략해 내지 못했다.

일주일 후 열린 자이언츠와의 홈경기에서도 한정훈의 위력 투구는 계속됐다.

강민오에게 기습적인 솔로 홈런을 허용하긴 했지만 9이닝을 4피안타 1실점으로 막고 18승을 거뒀다.

아시안 게임 전 슬럼프를 겪었던 한정훈이 부활하자 20승 경신에 대한 관심도 높아져 갔다.

ㄴ한정훈 이제 5경기쯤 남았나? 20승은 충분히 찍겠지?

ㄴ일정 보니까 타이거즈에 히어로즈, 다이노스, 트윈스, 와이번스던데 3승 이상은 하지 않을까?

ㄴ일단 다이노스전이 고비네.

ㄴ맞아. 한정훈이 올 시즌 다이노스한테는 좀 약했으니까.

야구팬들 중 한정훈의 20승 달성에 의문을 제기하는 사람은 한 명도 없었다.

올 시즌 보여준 말도 안 되는 경기력이라면 남은 경기에서 전승을 거둔다 해도 이상할 게 없었다.

그나마 유일한 논쟁거리가 있다면 한정훈의 다이노스전뿐이었다.

올 시즌 한정훈은 다이노스전에 2경기 출전해 1승을 챙겼다.

하지만 경기 내용만 놓고 보자면 다이노스에게 강했다고 말하기 어려웠다.

5월 홈경기에서 8이닝 동안 안타 5개와 사사구 2개를 내주며 2실점했다.

탈삼진을 11개 솎아냈지만 8회 말 마르티네즈의 역전 솔로 홈런이 없었다면 노 디시전으로 끝날 가능성이 높았던 경기였다.

한창 슬럼프에 빠져 있었던 8월 홈경기는 더 나빴다.

8이닝 6피안타 2사사구 1실점, 삼진 8개.

경기 기록만 놓고 보자면 5월 경기와 비슷해 보였지만 이날은 평소보다 투구 수가 많았다.

무려 134구. 제구 불안과 구위 저하로 풀카운트 승부만 여섯 차례 벌인 결과였다.

8이닝 2실점과 8이닝 1실점.

한정훈이 아닌 다른 투수였다면 충분히 잘 던졌다고 칭찬받을 기록이었다.

하지만 슈퍼 루키 한정훈의 기록치고는 평범한 게 사실이었다.

다이노스뿐만 아니라 동부 리그 1위를 질주하는 이글스와의 3경기 결과도 썩 좋지 못했기 때문에 항간에는 한정훈이 강팀에 약하다는 소문까지 나돌 정도였다.

"정훈아, 이야기 들었어? 너 다이노스전에 쥐약이라던데?"

"누가 그래요?"

"누가 그러긴. 인터넷에서 난리던데? 다이노스하고 이글스만 만나면 몸 사린다고."

이승민이 쿡쿡 웃으며 네티즌들의 말을 전했다.

반쯤 농담 삼아 한 말이었지만 당사자인 한정훈은 은근히 열이 올라왔다.

'내가 다이노스전에 그렇게 약했던가?'

한정훈은 전략 분석팀을 찾아가 자신의 등판 자료를 확인했다.

그리고 네티즌들의 오해를 살 만했다고 자책했다.

"이렇게 된 거 떼를 써서라도 꼭 출전해야겠는데?"

아시안 게임의 여파로 휴식일이 대폭 줄어들면서 로이스터 감독은 남은 경기를 6선발 체제로 돌리겠다는 결정을 내렸다.

그 결과 다이노스와의 최종 2연전은 당초 테너 제이슨, 한정훈에서 마크 레이토스와 제이슨의 등판으로 바뀌어 있었다.

"감독님, 저 다이노스전에 출전시켜 주십시오."

"이유가 뭐지?"

"다이노스를 상대로 한번 제대로 던져 보고 싶습니다."

"제대로?"

로이스터 감독이 이내 고개를 끄덕거렸다. 지난 8월의 다이노스전이 머릿속을 스쳐 지난 것이다.

일정만 놓고 보자면 충분히 변경이 가능했다.

무엇보다 에이스인 한정훈이 자청해서 다이노스전에 나가겠다는데 만류할 이유는 없었다.

"대신 타이거즈전과 히어로즈전에서 좋은 모습 보여줘야 하네. 내 말, 무슨 뜻인지 알겠지?"

로이스터 감독이 조건 아닌 조건을 내걸었다.

한정훈이 매 경기 최선을 다하고 있다는 사실을 모르지는 않지만 등판 일정 변경에 다른 선수들이 불만을 갖지 않게 하려면 더욱더 좋은 모습을 보여줄 필요가 있었다.

"알겠습니다."

한정훈이 단단히 고개를 끄덕거렸다.

그리고 타이거즈전과 히어로즈전을 각각 8이닝 무실점으로 틀어막으며 다이노스전을 정조준했다.

2

10월 7일 일요일.

다이노스의 홈구장인 마산종합운동장에서 스톰즈와 다이노스의 올 시즌 마지막 경기가 열렸다.

-제법 쌀쌀한 날씨지만 오늘도 경기장에 많은 팬 여러분이 오셨습니다.

　-쌀쌀하긴요. 야구 보기 딱 좋은 날씨죠.

　-오늘 경기 시작 전부터 매진이라고 하던데요.

　-그럴 만도 합니다. 다이노스의 성적도 좋지만 오늘 또 빅 매치잖아요?

　-스톰즈의 선발투수는 사전에 공지해 드린 대로 한정훈 선수고요.

　-다이노스도 급하게 투수를 바꿨죠?

　-어떤 선수입니까?

　-권성우 아나운서가 감독이라면 한정훈 선수를 상대로 어떤 투수를 내보내겠어요?

　-그야…… 가장 강한 투수거나 혹은 가장 약한 투수를 내보내겠죠.

　-다행히 김영문 감독은 전자를 선택했습니다.

　-가장 강한 투수라면 그 선수로군요!

　권성우 캐스터의 말이 끝나기가 무섭게 중계 카메라가 마운드에서 몸을 풀고 있는 외국인 투수를 보여주었다.

　에릭 헤이커.

2015년 다승과 승률 타이틀은 물론 골든 글러브까지 차지하며 다이노스 왕조를 연 최장수 외국인 투수였다.

3년 전에 비해 구속이 다소 줄어들긴 했지만 에릭 헤이커는 여전히 최고의 외인 투수 가운데 한 명이었다.

올 시즌도 13승을 올리며 다이노스가 1위를 달리는 데 크게 기여하고 있었다.

─한정훈 선수가 국내의 내로라하는 투수들과 한 번씩은 맞대결을 치렀는데 에릭 헤이커 선수는 오늘이 처음이죠?

─네, 아마 그런 이유 때문에 김영문 감독이 에릭 헤이커 카드를 꺼내 든 게 아닌가 싶습니다. 한정훈 선수를 상대로 다이노스가 재미를 보지 못했으니까요.

─일각에서는 그 반대로 이야기하는 경우가 많은데 그 점에 대해서는 어떻게 생각하시나요?

─한정훈 선수가 다이노스나 이글스에 약하다는 이야기는 저도 들었습니다. 다만 그 약하다는 기준이 좀 웃기죠? 한정훈 선수 올 시즌 평균 자책점이 0.81인데 다이노스를 상대로 두 경기에 1.69이고 이글스를 상대로 세 경기에 1.64거든요.

─어마어마하네요.

─한정훈 선수가 다이노스와 이글스전 평균 자책점이 시즌 평균에 비해 살짝 높은 건 사실이지만 그래 봐야 1점대란 이야기입니다.

이용헌 해설위원이 기다렸다는 듯이 세간의 논란을 정리했다.

양대 리그 팀 타율 1위에 빛나는 팀을 상대로 한정훈은 충분히 몬스터 같은 활약을 이어 가고 있다는 것이었다.

─하기야 다이노스와 이글스를 상대로 그만한 성적을 낸다는 게 쉽지가 않은 일이겠죠?

─물론입니다. 참고로 제가 엊그제 김성은 감독을 만나서 물어봤거든요.

─한정훈 선수에 대해서요?

─네, 그랬더니 고개부터 흔드시더라고요. 이글스전에 그만 좀 나오라고 하시면서요.

─하하. 재미있네요. 하지만 다이노스 김영문 감독의 생각은 다른 모양인데요.

─에릭 헤이커 선수를 내세워 맞불을 놓긴 했지만, 글쎄요. 김영문 감독이 정말로 한정훈 선수를 쉽게 생각할지는 의문입니다.

이용헌 해설위원의 말이 끝나기가 무섭게 사전에 녹화된 인터뷰 내용이 떠올랐다.

여성 아나운서가 한정훈 선수가 다이노스전에 약하다는 이야기를 건네자 김영문 감독은 한참을 웃더니 카메라를 바라보며 입을 열었다.

"제발 그랬으면 소원이 없겠습니다."

김영문 감독의 대답은 거짓이 아니었다.

매직 넘버가 좀처럼 좁혀지지 않은 상황에서 한정훈을 상대해야 하는 그의 심정은 착잡하기만 했다.

"대체 어떤 놈들이 그런 헛소리를 해서는……."

한정훈이 다이노스전에 등판한 이유를 전해 들은 김영문 감독은 하마터면 욕을 내뱉을 뻔했다.

한정훈이 등판한 경기에서 다이노스는 2패를 기록했다. 그것도 단순한 2패가 아니었다.

4월, 한정훈의 구속이 다 올라오지 않은 시점에서 만났을 때에도 다이노스 타자들은 8이닝 동안 5안타 빈공에 시달려야 했다.

그나마 테일즈가 몰린 투심 패스트볼을 놓치지 않고 투런 홈런을 때려줬으니 망정이지 하마터면 완봉패를 당할 뻔했다.

8월 경기는 더 가관이었다.

컨디션이 엉망인 한정훈을 상대로 고작 6안타 1득점에 그쳤다.

필승조를 총동원하며 한정훈이 무너지길 기다렸지만 그보다 먼저 다이노스의 불펜이 무너지면서 경기까지 내주고 말았다.

그뿐만이 아니었다. 한정훈만 만났다 하면 타자들의 타격 페이스가 뚝뚝 떨어졌다.

반대로 불펜의 피로도는 급상승했다. 오죽했으면 다이노스 선수들이 가장 기피하는 투수 1위가 한정훈일 정도였다.

그런데 한정훈이 다이노스에 약하다니. 김영문 감독은 입술을 질근 깨물었다.

누구 주둥이에서 나온 헛소리인지 알기만 하면 찾아가서 입을 꿰매버리고 싶었다.

"그래도 헤이커를 올렸으니까 할 만하지 않을까요?"

박영환 투수 코치가 웃으며 말했다.

앓는 소리를 해도 김영문 감독이 한정훈을 잡기 위해 승부수를 꺼내 든 것이라 오해한 모양이었다.

하지만 김영문 감독도 에릭 헤이커를 올리고 싶어서 올린 게 아니었다.

'해볼 만하기는. 구단주가 온다니까 마지못해 내보낸 건데.'

다이노스 김택인 구단주는 소문난 야구광이었다.

그가 한정훈이 등판하는 다이노스 홈경기를 직관하기 위해 찾아온다는데 형편없는 경기를 만들 수는 없는 노릇이었다.

에릭 헤이커도 갑작스러운 등판이 싫지 않았다.

구단주가 직접 지켜보는 경기에서 한국 최고의 투수나 다름없는 한정훈과의 맞대결이다.

오늘 경기에서 인상적인 활약을 펼친다면 재계약도 무리

가 없을 것 같았다.

'어차피 난 스톰즈 타자들만 상대하면 돼. 한정훈을 무너 뜨리는 건 타자들이 알아서 해주겠지.'

에릭 헤이커는 마음을 편하게 먹었다. 마음을 비웠지만 운이 좋으면 승리를 따낼지도 모른다고 여겼다.

서부 리그 팀 타율 꼴찌(0.257)를 상대하는 자신과 서부 리그 팀 타율 1위 팀과 싸워야 하는 한정훈(0.293).

둘 중 누가 더 유리할지는 뚜껑을 열어봐야 한다고 생각했다.

식전 행사가 끝나고 곧바로 경기가 시작됐다.

―1번 타자 공형빈 선수. 타석에 들어섭니다.

―공형빈 선수, 시즌 초에 트레이드된 이후로 지금까지 꾸준하게 1번 타순을 지키고 있습니다.

―성적도 나쁘지 않죠?

―최근에 페이스가 좀 떨어져서 타율은 2할 8푼 2리이지만 출루율이 좋죠. 3할 5푼 이상을 기록 중이니까요.

―거기다 발도 빠르고요.

―네, 현재까지 32개의 도루를 성공시켰는데요. 타율이 3할대만 된다면 내년 시즌에는 50도루도 충분히 바라볼 수 있을 것 같습니다.

―에릭 헤이커 선수 입장에서는 꼭 잡고 가야 할 타자일

텐데요.

─등판 일정을 하루 앞당긴 게 어떤 영향을 끼칠지 지켜봐야겠습니다.

에릭 헤이커를 맞아 공형빈이 방망이를 평소보다도 짧게 움켜쥐었다.

더그아웃에서 특별히 사인이 나오지 않았지만 3루수 모창인의 수비 위치를 보자 기습 번트가 머릿속을 스쳐 지난 것이다.

하지만 에릭 헤이커는 물론이고 포수 김태순조차 그 가능성을 간과해 버렸다.

후아앗!

에릭 헤이커의 초구가 바깥쪽 코스로 흘러갔다.

구속은 140㎞/h후반에 머물렀지만 예리하게 제구가 된 공은 쉽게 공략하기가 어려워 보였다. 그러나 공형빈은 기다렸다는 듯이 방망이를 던지듯 내밀었다.

딱.

짧은 타격음과 함께 공이 3루 라인 쪽으로 굴러갔다. 그사이 공형빈은 1루를 향해 전력으로 내달렸다.

─공형빈 선수! 기습 빈트입니다!

─타구 판단 잘해야죠? 모창민 선수는 라인 밖으로 벗어나

갈 때 잡아내야 합니다.

　-아……! 공이 라인 안쪽을 타고 다시 흘러들어옵니다.

　-이러면 늦었어요. 운이 나빴다고 생각해야죠. 그나저나 공형빈 선수의 센스는 날이 갈수록 좋아지는 느낌입니다.

　해설진의 칭찬을 듣기라도 한 것일까.

　공형빈은 다이노스 배터리가 정신을 차릴 틈조차 주지 않고 곧바로 2루를 향해 내달렸다.

　"제길!"

　초구로 커브를 요구했던 김태순이 입술을 깨물었다.

　설상가상으로 2번 타자 에릭 나가 있는 힘껏 헛방망이질을 해대면서 김태순은 2루에 공을 던질 타이밍을 완전히 놓쳐 버렸다.

　-세이프! 공형빈 선수! 초반부터 그라운드를 휘젓습니다!

　-좋아요. 정말 잘하고 있습니다. 테이블 세터의 역할이 바로 저런 것이거든요.

　-이건 꼭 다이노스와 스톰즈의 타자들이 뒤바뀐 것 같은 느낌인데요?

　-저도 방금 그 생각 했습니다. 테이블 세터가 출루해 어떻게든 도루해서 투수를 괴롭히고 중심 타선으로 기회를 연결하는 게 다이노스의 전매특허 아니겠습니까? 그걸 스톰즈

가 고스란히 갚아주고 있네요.

다이노스전을 벼르고 있던 건 한정훈만이 아니었다.

스톰즈 선수들도 상대 전적에서 열세에 있는 다이노스에 쌓인 게 많았다.

게다가 오늘은 다이노스와의 올 시즌 마지막 경기다.

거기다 에이스인 한정훈이 등판하는 만큼 다들 이를 악물고 경기에 임하고 있었다.

─에릭 나 선수, 방망이를 짧게 잡습니다.

─네, 번트죠?

─에릭 나 선수가 번트 하나는 기가 막히게 잘 대는데요.

─시즌 초반에 번트 실패를 몇 차례 겪은 이후로는 거의 번트 도사가 된 기분입니다.

─거기다 경이로운 선구안을 가지고 있는데요.

─그렇습니다. 한정훈이라는 걸출한 신인에 묻혀서 그렇지 스톰즈에도 괜찮은 선수가 많은데요. 그중 한 명이 바로 에릭 나 선수입니다.

─팀 선수들은 나에리라고 부른다면서요?

─하하. 그렇습니다. 하지만 단순히 이름 때문이 아니라 나에리라고 불리는 이유가 따로 있는데요. 그건…….

이용헌 해설위원이 에릭 나에 대한 썰을 풀려던 순간.

따악.

에릭 나가 안쪽으로 몰린 에릭 헤이커의 공을 결대로 밀어쳐 3유간을 꿰뚫어버렸다.

타다다닷!

재빨리 스타트를 끊은 2루 주자 공형빈은 순식간에 3루를 지나쳐 버렸다. 3루 코치가 스톱 사인을 냈지만 공형빈은 살 자신이 있다는 듯 곧바로 홈을 향해 몸을 날렸다.

"어딜!"

공을 잡은 좌익수 나성검이 있는 힘껏 어깨를 내돌렸다.

가끔 패색이 짙은 경기에 불펜 투수로 투입될 만큼 강견인 나성검의 송구는 내야수를 거치지 않고 곧바로 김태순에게 날아들었다.

하지만 애석하게도 공이 높았다. 김태순이 머리 위치에서 포구를 하고 글러브를 내렸을 때는 이미 공형빈의 손바닥이 홈 플레이트를 스친 뒤였다.

"세이프!"

구심의 사인에 이맛살을 찌푸리던 김태순의 시야로 무언가가 스쳐 지났다.

1루에 있던 에릭 나가 홈 승부가 이루어지는 틈을 노려 2루까지 내달린 것이다.

"어딜!"

김태순이 이를 악물고 2루로 공을 던졌다. 하지만 이번에도 공보다 에릭 나가 더 빨랐다.

"세이프!"

순식간에 2루에 안착한 에릭 나가 유니폼의 흙을 툭툭 털며 자리에서 일어났다.

그러고는 포수를 향해 피식 웃음을 흘렸다.

ㅡ아, 에릭 나 선수. 왠지 얄미운 표정을 짓고 있는데요.

ㅡ네, 그래서 나에리입니다.

ㅡ네?

ㅡ나에리가 얄미운 계집애 아니겠습니까?

ㅡ하, 하하하하…….

권성우 캐스터는 그저 헛웃음만 났다.

설마하니 얄미운 플레이를 잘한다고 해서 나에리라 불릴 것이라고는 생각지도 못했던 것이다.

하지만 얼마 지나지 않아 권성우 캐스터는 나에리만큼 완벽한 별명도 없을 거라는 사실에 동의하고 말았다.

ㅡ에릭 나 선수, 슬금슬금 리드 폭을 넓히는데요.

ㅡ보시면 아시겠지만 투수가 볼 때 일부러 리드하거든요.

ㅡ에릭 헤이커 선수의 집중력을 흐트러뜨리려는 의도겠죠?

–네, 게다가 주루 플레이도 좋아서 지금껏 단 한 번도 견제구에 잡힌 적이 없습니다.

–투수들 입장에서는 정말 내보내고 싶지 않은 주자겠네요.

–하지만 에릭 헤이커 선수. 지금은 에릭 나 선수에게 신경 쓸 때가 아닙니다. 에릭 나 선수가 공형빈 선수만큼 도루 능력을 갖춘 것은 아니거든요.

–아, 지금 타석에는 스톰즈의 미래의 거포, 황철민 선수가 들어서 있습니다!

에릭 나의 플레이에 푹 빠져 있던 권성우 캐스터가 분위기를 환기시켰다.

근래 들어 스톰즈 타자 중 가장 빼어난 타격감을 자랑하는 황철민의 야무진 얼굴이 카메라에 잡혀 있었다.

황철민은 자신만만해 보였다.

에릭 헤이커를 상대로 4할 4푼 4리의 고타율을 유지하는 만큼 큰 것 한 방을 노리는 듯한 느낌이었다.

반면 생각지도 않게 1실점을 한 에릭 헤이커의 표정은 썩 좋지가 않았다.

제대로 된 승부는 해보지도 못하고 경기가 말려 버렸으니 집중력이 흐트러질 수밖에 없었다.

–에릭 헤이커 선수, 조심해야 합니다. 황철민 선수, 한 방

이 있는 타자거든요?

─황철민 선수, 올 시즌 한정훈 선수와 함께 입단한 신인 인데 벌써 18개의 홈런을 때려냈습니다. 게다가 아시안 게임 브레이크 이후로만 무려 5개를 추가했는데요.

─요즘 타격에 물이 오를 대로 오른 상태입니다. 그러니까 가급적이면 정면 승부보다는 신인 선수들이 어려워하는 변화구를 던져서 맞춰 잡는 피칭이 필요할 것 같습니다.

오늘 경기의 승부처가 될지도 모르는 상황이었지만 이용헌 해설위원은 말을 아꼈다.

굳이 언급하지 않아도 중계 카메라를 통해 현장의 긴장감이 고스란히 전해지고 있었다.

"3구 삼진!"

"3구 삼진!"

다이노스 팬들은 삼진을 외치며 에릭 헤이커를 독려했다.

한 점을 내주긴 했지만 에릭 헤이커가 이렇게 무너지지는 않을 것이라고 굳게 믿었다.

김태순도 에릭 헤이커가 이 위기를 쉽게 극복해 내리라고 여겼다.

첫 실점은 어떻게 보면 운이 없었을 뿐이다.

그런 건 훌훌 털어버리고 지금은 스톰즈의 클린업 트리오를 처리하는 데 집중해야 했다.

'침착하게 바깥쪽으로 하나 집어넣자.'

김태순의 사인을 확인한 에릭 헤이커가 가볍게 고개를 끄덕거렸다.

하지만 생각지도 못했던 첫 실점에 대한 부담 때문일까.

바깥쪽 꽉 차게 던진 공이 점점 가운데로 말려들기 시작했다. 그리고 황철민은 그 공을 놓치지 않았다.

따아악!

-큽니다! 쭉쭉 뻗어 올라갑니다.

-저건 넘어갔네요.

-홈~ 런! 황철민 선수, 시즌 19호째 홈런을 쏘아 올립니다!

주먹을 움켜쥐며 그라운드를 내도는 황철민의 모습에 김영문 감독은 고개를 절레절레 흔들 수밖에 없었다.

3 대 0.

상대 투수가 한정훈인 걸 감안했을 때 쉽지 않은 점수였다.

설상가상 뒤이어 타석에 들어선 루데스 마르티네즈마저 담장 밖으로 타구를 넘겨 버리자 웃으며 경기를 지켜보던 김택인 구단주의 표정까지 굳어져 버렸다.

-지금 구장에 김택인 구단주가 와 있는데요.

-표정이 좋지 않네요.

–좋지 않겠죠. 에이스인 에릭 헤이커 선수가 이렇게 혼쭐이 날 것이라고 어디 예상이나 했겠습니까?

–아아, 김영문 감독. 결국 마운드에 올라옵니다.

–에릭 헤이커 선수, 아무래도 등판 일정이 조정된 것에 영향을 받은 것 같습니다.

에릭 헤이커를 대신해 원승현이 마운드에 올랐다.

올 시즌에는 추격조의 역할을 하고 있지만 구위가 좋은 날에는 언터처블급 활약을 펼치기도 했다.

다행히 원승현은 김영문 감독의 기대에 부응했다.

세 타자를 내리 범타로 처리하며 길고 길었던 1회 초를 마무리 지은 것이다.

하지만 경기를 지켜보는 다이노스 팬들의 얼굴은 우울하기만 했다. 카메라가 이곳저곳을 비춰봤지만 마찬가지였다.

"젠장. 졌네, 졌어."

"하, 시팔. 그러니까 그냥 예정대로 윤현배나 올리지 뭐하러 헤이커를 올린 거야?"

"하아, 진짜 한정훈 저 자식은 뭐냐? 뭐 뜯어먹을 게 있다고 이 경기에 나오는데?"

"마! 아무리 그래도 한정훈 욕하고 그르믄 안 대."

"맞아. 한정훈은…… 욕하고 그르믄 안 대."

대부분의 다이노스 팬은 허탈한 마음으로 경기를 지켜보

앉다.

다이노스 타자들이 한정훈의 공을 뻥뻥 쳐 내주길 기대하는 마음이 없지는 않았지만 현실적으로 불가능에 가까운 일이었다.

마운드에 오른 한정훈도 마음을 단단하게 먹었다.

타선의 초반 지원 덕분에 4 대 0으로 앞서 나가고 있다고 해서 수월수월하게 공을 던질 마음은 추호도 없었다.

퍼엉!

한정훈이 내던진 공이 순식간에 몸 쪽 꽉 찬 코스에 틀어박혔다.

"와우."

다이노스의 1번 타자 펠릭스 피에르가 혀를 내둘렀다.

앞선 두 경기에서 안타를 하나씩 때려내서 나름 자신감을 가지고 있었는데 방망이를 내밀 엄두조차 나지 않을 만큼 완벽한 공이 들어와 버렸다.

−한정훈 선수, 초구부터 무섭습니다.

−전광판에 찍힌 구속이 158㎞/h. 그리고 중계팀이 측정한 구속이 160㎞/h. 허허. 이거 김택인 구단주가 날을 잘못 잡은 느낌인데요?

−그래도 펠릭스 피에르 선수가 출루하면 분위기는 달라질 수 있지 않을까요?

-그렇습니다. 펠릭스 피에르 선수, 한정훈 선수를 상대로 7타수 2안타로 나쁘지 않은 성적을 냈는데요. 하지만 앞선 두 경기와 베스트 컨디션에 가까운 오늘 경기의 공이 과연 같을지 의문입니다.

　자칭 타칭 한정훈 전문가라 불리는 이용헌 해설위원은 오늘 한정훈을 공략하는 게 쉽지 않을 것이라고 여겼다.

　그리고 그의 예상대로 3할 7푼의 타율로 타격 부분 1위 자리를 고수하고 있던 펠릭스 피에르가 평범한 3루수 땅볼로 물러났다.

　-방망이에 맞추기는 했습니다만 타구가 3루수 정면으로 굴러갔습니다.

　-저것도 펠릭스 피에르 선수의 타격 테크닉이 좋아서 필드 안으로 들어온 거지 다른 타자들 같았다면 아마 파울이 됐을 겁니다.

　-말씀드리는 순간 타석에 2번 타자 박인우 선수가 들어옵니다.

　용병 보유 제한이 늘어나기 전까지 박인우는 다이노스의 1번 타자로 활약해 왔다. 하지만 올 시즌 성적은 예년만 못한 상태였다.

－박인우 선수, 올 시즌 2할 6푼대의 타율에 머무르고 있습니다.

－못해도 2할 8푼대는 쳐 줘야 할 선수인데요. 펠릭스 피에르 선수의 영향이 큰 거 같습니다.

－펠릭스 피에르 선수가 너무 잘해도 부담이라는 말씀이시죠?

－그렇습니다. 펠릭스 피에르 선수가 타격 능력이 좋지만 도루 능력은 부족하거든요. 게다가 순장 타율이 1할에 못 미치기 때문에 박인우 선수 타석에서 작전이 걸리는 경우가 많습니다. 타자 입장에서는 타격 컨디션을 유지하기가 쉽지 않겠죠.

이용헌 해설위원의 지적대로 박인우는 공 세 개를 지켜본 뒤에 더그아웃으로 돌아갔다.

약점인 몸 쪽으로 연달아 160㎞/h에 가까운 강속구가 날아드는데 방망이를 휘두를 타이밍조차 잡기 어려웠다.

박인우에 이어 한창 타격감이 좋은 나성범이 타석에 들어왔다.

얼마 전까지 대표팀에서 한솥밥을 먹은 사이라서일까.

나성검이 씩 웃음을 흘렸다.

하지만 한정훈은 따라 웃어주지 않았다. 대표팀은 대표팀이고 리그는 리그였다.

그리고 나성검은 다이노스 타자 중 유일하게 한정훈에게 3개의 안타를 때려내고 있었다.

－대표팀 선후배 간의 대결입니다.
－나성검 선수, 한정훈 선수를 상대로 제법 강한 면모를 보여 왔는데요. 공격 기회를 테일즈 선수에게 이어줄 수 있을지 지켜보겠습니다.

나성검이 나오자 다이노스 팬들도 마른침을 꿀꺽 삼켰다.

올 시즌 36개의 홈런을 때려내며 장거리 타자로 완벽하게 각성한 나성검이 큰 것 하나 때려준다면 꽉 막혀 버린 속이 조금이라도 뚫릴 것 같았다.

그러나 오늘을 기다리며 컨디션 조절까지 해온 한정훈은 나성검이 아니라 테일즈에게도 안타를 맞아줄 생각이 없었다.

그것은 한정훈만큼이나 '한정훈은 다이노스에 약하다'는 소문에 열이 받은 박기완도 마찬가지였다.

'성검 선배가 요새 몸 쪽 공을 잘 치지? 그럼 하나 보여 드려야지.'

박기완이 초구로 몸 쪽 하이 패스트볼을 요구했다.

나성검의 얼굴 쪽으로 바짝 붙여서 기세를 꺾어도 좋고 한정훈 특유의 솟아오르는 듯한 패스트볼로 높은 코스의 스트라이크를 잡아도 좋았다.

한정훈은 가볍게 고개를 끄덕거렸다. 그리고 박기완의 미트를 향해 있는 힘껏 공을 내던졌다.

"……!"

순간 나성검의 눈동자가 크게 흔들렸다.

한정훈의 무시무시한 강속구가 왠지 머리 쪽으로 날아들 것만 같은 기분이 든 것이다.

'이크!'

나성검은 다급히 뒤로 물러났다.

하지만 정작 공은 스트라이크존의 가장 높은 코스를 아슬아슬하게 스쳐 지났다.

"스트라이크!"

잠시 망설이던 심판이 스트라이크를 선언했다. 그러자 김영문 감독이 이해할 수 없다는 표정을 지었다.

"저걸 스트라이크로 잡아주면 뭘 치라는 거야?"

김영문 감독은 입술을 질근 깨물었다.

만약에 또다시 비슷한 코스로 스트라이크가 들어온다면 그때는 더그아웃을 박차고 나갈 생각이었다.

하지만 한정훈─박기완 배터리는 2구째 변종 체인지업을 던져 나성검의 방망이를 이끌어 냈다.

걷어 올리기 딱 좋은 몸 쪽 낮은 코스로 공이 들어오는데 나성검도 가만히 지켜볼 수밖에 없었다.

"아오, 저 녀석 나한테 왜 이래?"

순식간에 볼카운트가 몰리자 나성검이 툴툴거렸다.

선후배 간의 정을 생각한다면 4 대 0으로 리드하는 상황에서 안타 하나쯤 내줄 수 있다고 여겼다.

그러나 나성검이 타율 관리가 절실한 만큼 한정훈도 0점대 평균 자책점 유지에 신경 쓰지 않을 수 없었다.

9이닝 동안 1실점 완투를 해도 평균 자책점은 올라갈 수밖에 없었다.

0점대 평균 자책점을 지키는 유일한 방법은, 점수를 내주지 않는 것뿐이었다.

그리고 점수를 내주지 않으려면 주자를 내보내지 말아야 했다.

'성검 선배, 미안하지만 승부는 승부잖아요?'

조급해하는 나성검을 바라보며 박기완이 씩 웃었다. 그의 미트가 슬그머니 바깥쪽으로 움직였다.

후아앗!

한정훈이 내던진 투심 패스트볼이 정확하게 바깥쪽 높은 코스로 꽂혀 들었다.

코스 상으로는 볼이었지만 한가운데를 지나는 공의 궤적에 속은 나성검이 방망이를 휘두르고 말았다.

"스트라이크, 아웃!"

심판의 삼진 콜과 동시에 이닝이 끝이 났다.

삼자 범퇴.

다이노스 팬들의 표정이 더욱 어두워졌다.

3

고작 한 이닝뿐이었지만 그것만으로도 한정훈의 컨디션을 파악하기에는 충분했다.

오늘은 긁히는 날이다.

이런 날 한정훈에게 점수를 빼앗기란 결코 쉽지 않았다.

└한정훈이 다이노스한테 약하다고? 개소리한 놈 나와라

└아까까지 한정훈, 헤이키 꼴 날 거라 주댕이질 하던 쉐키들 어디 가셨나염?

└뭐? 한정훈 내년 시즌에 다이노스로 이적할지 모른다고? 어디서 함부로 주둥이를 털어?

└다이노스 니들이 자초한 일이다. 오늘 영혼까지 털려도 원망 마라.

한정훈을 좋아하는 팬들은 기세등등해졌다. 반면 다이노스 팬들은 불안함을 감추지 못했다.

└그거 다이노스 팬들이 한 이야기 아니거든요?

└하, 시팔. 진짜 짜증 나네. 일부 분탕질 치는 새끼들 때

문에 이게 뭔 난리야.

한정훈이 다이노스에 약하다는 이야기에 내심 웃음을 참지 못했던 다이노스 팬들이 언제 그랬냐는 것처럼 억울함을 토로했다.

하지만 그런 뻔한 변명이 통할 만큼 야구 커뮤니티는 자애롭지 않았다.

ㄴ이제 와서 찌질하게 굴지 말고 기다려! 아직 테일즈 타석 남아 있다.

ㄴ맞아. 테일즈라면 한 방 날려주겠지. 지난번에도 한정훈한테 홈런 쳤잖아?

일부 다이노스 팬들은 아직 야구가 끝난 게 아니라며 발끈했다.

1회 말 공격이 허무하게 끝이 나면서 다이노스가 자랑하는 4번 타자 에릭 테일즈는 아직 타석에 들어서 보지도 못한 상황이었다.

ㄴ테일즈도 올 시즌 MVP 모드거든? 오늘 경기에서 한정훈 잡아내면 진짜 MVP 1순위 된다!

ㄴ개소리 마라. 오늘 한정훈이 다이노스 잡고 전 구단 승

리투수 & 전 구장 승리투수 마침표 찍을 테니까.

양대 리그로 나뉘지 않았다 하더라도 시즌 MVP는 한정훈이 받았을 것이라는 이야기가 많았다.

선동연 이후 최초로 선발투수 0점대 평균 자책점을 유지 중인 한정훈만큼 임팩트를 주고 있는 선수는 없었다.

하지만 에릭 테일즈도 한정훈을 위협할 만한 대항마로 꼽히고 있었다.

3할 6푼대의 타율에 49개의 홈런, 146개의 타점은 MVP를 차지했던 2015년 이후 최고 성적이었다.

2회 초 스톰즈의 공격이 득점 없이 끝이 나고 한정훈이 마운드에 오르자 이용헌 해설위원이 기다렸다는 듯이 입을 열었다.

-이번 타석, 아주아주 기대됩니다.

이용헌 해설위원은 여러 말 하지 않았다.

자질구레한 설명이 필요 없을 만큼 대단한 투수고 대단한 타자였다. 그 결과를 섣불리 예측한다는 건 쉽지 않은 일이었다.

다만 오늘 경기 첫 맞대결인 만큼 컨디션이 좋은 한정훈이 다소 우위를 보일 것이라고 판단했다.

"후우……."

타석에 들어선 에릭 테일즈가 길게 숨을 내쉬었다.

그러자 뜨거운 입김이 영화 속 드래곤의 브레스처럼 퍼져 나갔다. 특유의 루틴을 마친 뒤 테일즈는 방망이를 힘껏 들어 올렸다.

노리는 건 오로지 경기 분위기를 반전시킬 수 있는 몸 쪽 공 하나. 볼카운트가 몰리기 전까지는 바깥쪽 코스를 버려 둘 생각이었다.

테일즈를 슬쩍 흘겨본 박기완은 일단 바깥쪽으로 미트를 들어 올렸다.

초반에 바깥쪽 승부를 걸어 볼카운트를 유리하게 만드는 게 일반적인 테일즈 공략법이었다.

하지만 한정훈은 가볍게 고개를 흔들었다.

'그런 식으로는 테일즈를 꺾을 수 없어.'

테일즈는 볼카운트가 불리해진다고 해서 움츠러드는 선수가 아니었다.

게다가 특별히 바깥쪽 코스에 약하지도 않았다.

지금이야 50홈런을 의식해 몸 쪽을 노리고 있지만 한국에서만 5년을 버틴 용병답게 볼카운트가 몰리면 타격 스타일이 달라졌다.

그래서 항간에 떠도는 테일즈 맞춤 공략법은 큰 효용이 없었다.

물론 이런 자질구레한 이유들로 박기완의 사인을 거부한 건 아니었다.

한정훈은 그저 테일즈와 제대로 한판 붙어보고 싶었다. 더는 자신을 우습게 여기지 못하도록 말이다.

사흘 전 모 스포츠 채널에서 한정훈을 주제로 한 꼭지를 다뤘다.

'선수들이 말하는 한정훈의 모든 것'이라는 제목으로 한정훈과 최소 5타석 이상 겨룬 타자 중 인지도가 높은 55명의 타자를 선별해서 한정훈에 대한 개인적인 느낌과 한정훈의 장단점, 그리고 메이저리그에서의 성공 가능성을 물어보고 그에 대한 대답을 받은 것이다.

조사 대상에 포함된 국내 선수들은 하나같이 한정훈을 높이 평가했다.

모자이크와 음성 변조를 통해 선수들의 신분을 보장해준다고 했지만 누구 하나 한정훈을 폄하하거나 경시하지 않았다.

−정훈이요? 어우, 대단하죠. 저한테는 특히 강해요. 지금까지 안타 하나도 못 때렸거든요.

−걔 좀 그래요. 어리면 좀 선배들 공경도 하고 그래야 하는데 인정사정없으니까……. 아이고, 이거 나이 많은 거 너

무 티 냈나요?

　-PD님은 정훈이 공 제대로 보셨죠? 어떤 느낌이냐면 던졌다 싶으면 벌써 홈 플레이트 코앞까지 공이 와 있어요. 농담 같죠? 한 번 타석에 서 보세요. 그럼 제 말이 무슨 소리인지 아실 테니까.

　-굳이 말하고 말고 할 게 뭐가 있어요. 현재 리그 최고의 투수잖아요. 성적이 말해주고 경기 결과가 말해주는데요. 그냥 최고예요.

　국내 선수들은 한정훈의 장점으로 강력한 패스트볼과 노련한 경기 운영, 그리고 제구력을 꼽았다.

　그러면서 메이저리그에 진출할 경우 최소한 류현진 이상의 성적을 낼 것이라고 입을 모았다.

　대부분의 외국인 타자도 한정훈의 실력에 대해서는 어느 정도 인정하는 분위기였다.

　-한의 공은 상당히 위력적이에요. 빠르면서도 무브먼트가 심해요. 미국에 있을 때도 한 같은 투수는 거의 보지 못했어요.

　-난 한에 대해 할 말이 없어요. 6타수 무안타거든요. 이런, 이렇게 말하면 내가 누구인지 알아채지 않을까요?

메이저리그 진출 가능성에 대해서도 국내 타자들과 비슷한 의견들이 많았다.

이제 프로 1년 차인 만큼 단언하긴 어렵다면서도 최소한 메이저리그 3선발 이상을 점쳤다.

하지만 단 한 사람.

다이노스의 헬멧을 쓰고 인터뷰에 응한 건장한 외국인 타자는 다른 의견을 내놓았다.

─한이요? 좋은 투수죠. 네, 그게 전부인데요. 왜요? 내 칭찬까지 필요해요? 꼭 해야 하는 거예요?

─한의 장점이라. 흠…… 영악함? 영리하죠. 구석구석 공을 잘 던지니까요. 패스트볼은 어떠냐고요? 글쎄요. 빠르긴 하지만 그 정도 공은 워낙 자주 봐서 말이죠.

─메이저리그에서 성공할 가능성이라. 뭐 메이저리그에 가긴 하겠죠. 하지만 성공은 보장 못 해요. 그곳은 정글이죠. 물론 한국 리그도 만만치 않지만 메이저리그를 우습게 봐서는 안 됩니다. 제아무리 한이라 해도 제법 고생해야 할 거예요.

모자이크에 가려졌어도 한정훈은 인터뷰 상대가 테일즈라는 걸 한 번에 알아챘다.

해당 프로그램의 출연자들 역시 모자이크가 너무 엉성하

다며 웃음을 터뜨릴 정도였다.

"테일즈가 너한테 홈런 하나 쳤다고 저러나 보다."

함께 프로그램을 보고 있던 박기완이 피식 웃었다. 그러고는 워낙 칭찬 일색이다 보니 일부러 저런 식으로 인터뷰했을 거라며 무시하라고 말했다.

한정훈도 그때는 피식 웃고 말았다. 야박하긴 했지만 메이저리그에 대한 충고는 일부분 새겨들을 만했다.

그러나 자신의 장점을 영악함이라고 꼽았다는 건 좀처럼 머릿속을 떠나지 않았다.

'테일즈가 그렇게 느낄 정도면 내가 다이노스를 상대로 몸을 사리긴 했나 보네.'

한정훈은 테일즈의 평가를 냉정하게 받아들였다.

돌이켜보면 지뢰밭 타선이라는 다이노스를 상대할 때마다 필요 이상으로 신중하게 공을 던졌던 것 같기도 했다.

어쩌면 항간에 떠도는 이야기도 그런 투구 내용에서 비롯된 것인지도 모른다는 생각이 들었다.

그래서 한정훈은 이번 다이노스전을 더욱 벼렸다.

투수로서 가장 기분 나쁜 건 특정 팀, 특정 선수에게 약하다는 팬들의 꼬리표였다.

한정훈은 이번 기회를 통해 그간의 나약한(?) 이미지를 깨끗이 털어내고 싶었다.

'테일즈하고도 서너 타석은 붙을 테니까 그중 한 타석 정

도는 싸울 기회가 있겠지.'

한정훈은 테일즈와 부담 없이 싸울 수 있는 순간이 오기를 바랐다.

초반에는 무리겠지만 중후반에 타자들이 점수를 뽑아낸다면 테일즈가 흔하다고 평했던 패스트볼을 마음껏 던져 줄 생각이었다.

그런데 오늘따라 타자들이 너무 일찍 폭발해 주면서 예상보다 빨리 판이 벌어졌다.

한정훈은 이 기회를 그냥 넘기고 싶지 않았다.

한 시즌 가까이 호흡을 맞춰온 덕분인지 박기완은 그런 한정훈의 속내를 금세 눈치챘다.

'정훈이 녀석, 설마 그 방송 때문에 테일즈하고 승부를 보겠다는 건가?'

박기완은 살짝 어이가 없었다.

남들이 뭐라 떠들든 간에 한정훈이 테일즈를 상대로 약하다고 생각하지는 않았다.

현재까지의 상대 전적도 7타수 2안타로 한정훈이 우위에 있었다.

소속팀을 떠나 객관적으로 봐도 마찬가지였다.

좀처럼 피홈런을 내주지 않는 한정훈에게 홈런 하나를 때려내면서 테일즈가 겨우 체면치레를 한 수준이었다.

솔직히 연속해서 100타석 승부를 벌인다 해도 테일즈가 한정훈에게 30개 이상의 안타를 때려낼 것 같지는 않았다. 많으면 25개 정도.

테일즈가 리그 최고의 타자 중 한 명인 건 사실이지만 한정훈을 상대로 어마어마한 자신감을 내비치는 건 오만이었다.

그럼에도 박기완이 그동안 테일즈를 상대로 조심스럽게 리드했던 건 한정훈의 자존심보다 팀의 승리를 먼저 챙겨야 했기 때문이다.

마크 레이토스와 테너 제이슨이라는 최고의 용병들을 영입하긴 했지만 스톰즈의 에이스는 누가 뭐래도 한정훈이었다.

그리고 에이스가 등판하는 경기에서는 어떻게든 승리를 챙기는 게 기본이었다.

좀처럼 나아지지 않는 스톰즈 타선과 불펜 진을 감안했을 때 한정훈의 실점이 많아지면 그다음부터는 답이 없었다.

그래서 박기완도 한 방 능력이 있는 거포들을 상대로는 최대한 안전한 승부를 가져갔다. 스톰즈의 주전 포수로서 내린 어쩔 수 없는 결정이었다.

한정훈도 그동안 군말 없이 박기완의 리드를 따라와 주었다. 승패가 어느 정도 갈릴 때까지는 강타자들과 조심스럽게 승부했다.

힘으로 억누르고 싶은 본능을 꾹꾹 억누르며 말이다.

그런 한정훈의 헌신 덕분에 스톰즈는 한정훈이 등판한 25경기에서 무려 23승을 챙기며 포스트시즌까지 넘보고 있었다.

하지만 팀이 선전한다고 해서 선수로서 느낄 한정훈의 갈증이 전부 사라지는 건 아닌 모양이었다.

'그래, 까짓 거. 오늘은 네 맘껏 던져라. 어차피 4점 차이인데 뭐.'

잠시 고심하던 박기완이 이내 고개를 주억거렸다.

팀의 에이스이기에 앞서 한정훈은 제법 한 성깔 하는 투수였다.

한일 고교야구 대항전 때나 세계 청소년 야구 선수권 대회에서 보여주었던 고집스러운 피칭은 아직도 심장이 벌렁거릴 정도였다.

박기완도 그 시절 한정훈을 다시 한 번 만나보고 싶었다.

한정훈의 선발 등판 사상 처음으로 팀이 1회 초에 4점을 뽑아내줬으니 오늘 경기만큼은 스톰즈의 포수가 아니라 한정훈의 포수가 되어도 나쁠 것 같지 않았다.

'정훈이 녀석이라면, 역시 이 공을 던지고 싶겠지?'

박기완이 다시 손가락을 움직였다. 그리고 미트를 테일즈의 무릎 앞쪽으로 가져다 댔다.

그러자 한정훈이 기다렸다는 듯이 고개를 끄덕거렸다.

좌타자의 무릎 앞쪽에서 꺾이는 커터.

이 공에 테일즈가 어떻게 반응할지 상상하는 것만으로도 입가가 간질거렸다.

'뭐야? 뭘 던지려고 저렇게 뜸을 들여?'

사인 교환이 길어지자 테일즈가 손을 들고 타임을 불렀다.

지금껏 수많은 한국 투수를 상대한 경험상 투수가 공을 오래 쥐고 있으면 있을수록 빈볼성 공이 날아들 가능성이 높았다.

'설마 그 인터뷰 때문에 머리를 맞추거나 하진 않겠지?'

심판의 재촉에 마지못해 타석에 들어선 테일즈가 애써 숨을 골랐다.

그래도 명색이 리그 최고의 투수인데 그 정도로 속이 좁지는 않을 것이라고 믿었다.

까닥. 까닥.

테일즈가 곧추세운 방망이를 앞뒤로 흔들었다.

가뜩이나 체격이 큰 선수가 홈 플레이트 쪽으로 바짝 다가서니 공을 던질 공간이 반으로 줄어든 기분마저 들었다.

하지만 한정훈은 테일즈는 머릿속에서 지워 버렸다.

그의 시선은 오로지 테일즈의 무릎 앞쪽에 멈춰선 박기완의 미트를 향해 있었다.

"후우……."

길게 숨을 내쉰 뒤 한정훈이 있는 힘껏 공을 내던졌다.

후아앗!

빠르게 날아든 공이 몸 쪽 꽉 찬 코스로 들어왔다.

다른 타자들이었다면 칠 엄두조차 나지 않을 공이었지만 테일즈는 기다렸다는 듯이 방망이를 돌렸다.

필드 안으로 우겨 넣기는 어렵더라도 대형 타구를 날려 한 정훈의 기를 꺾을 필요가 있었기 때문이다.

그런데…….

따각!

방망이의 스위트 스폿 부근에 맞을 거라 여겼던 공이 손잡이 안쪽을 때렸다.

그와 동시에 방망이가 두 동강이 나버리고 말았다.

"커터?"

테일즈의 눈동자가 살짝 흔들렸다.

한정훈의 커터를 자주 본 건 아니었지만 이렇게 위력적인 줄은 미처 몰랐다는 반응이었다.

"뭘 벌써부터 놀라고 그래? 아직 애피타이저인데."

구심에게서 새 공을 받은 박기완이 씩 웃으며 한정훈에게 공을 돌려주었다.

봉인 해제의 결과물일까.

전광판에는 155㎞/h라는 구속이 찍혀 있었다.

한정훈의 평균 포심 패스트볼 구속을 감안했을 때 특별할 게 없는 숫자였다.

하지만 크게 치떠진 눈으로 리플레이 영상을 확인한 이용헌 해설위원은 경악을 금치 못했다.

-하, 한정훈 선수! 정말 대단합니다.

─이용헌 해설위원의 눈에 한정훈 선수야 늘 대단하지 않았습니까?

─그런 말이 아니라 방금 전에 던진 공은 커터였거든요? 그런데 전광판 구속에 155㎞/h가 찍혔습니다.

─아! 그렇군요! 중계 화면에도 156㎞/h이 나왔습니다. 평소보다 5㎞/h 정도 빠른 구속입니다.

한정훈이 지금껏 던진 커터의 구속은 보통 150㎞/h 전후로 형성이 되어 왔다.

그리고 그 정도 구속만으로도 리그의 수많은 좌타자를 꼼짝 못 하게 만들었다.

그런데 갑작스럽게 구속이 5㎞/h 이상 뛰어올라 버렸으니 테일즈가 포심 패스트볼로 인식하는 것도 무리는 아니었다.

'어쩌다 한 번 긁힌 거겠지.'

테일즈는 애써 마음을 다잡았다. 저런 공을 던질 수 있는데 지금까지 숨겼다는 건 말이 되지 않았다.

하지만 아시안 게임 결승전 이후로 또 한 단계 성장한 한정훈의 공이 한창 고생하던 8월에 던진 공과 같을 리 없었다.

'한 번 더 붙이자.'

박기완은 또다시 몸 쪽 사인을 냈다.

이번에는 포심 패스트볼.

한정훈의 패스트볼은 흔하다는 테일즈에게 진짜 한정훈의

패스트볼을 보여주고 싶었다.

한정훈은 가볍게 고개를 끄덕였다.

그리고 처음보다 살짝 뒤로 물러선 테일즈의 몸 쪽 빈 공간을 향해 공을 내리찍었다.

퍼어엉!

눈 깜짝할 사이에 홈 플레이트를 스쳐 지난 공이 박기완의 미트 속에 파묻혔다.

어찌나 빠르던지 강속구에 강하다는 테일즈마저 방망이를 내돌릴 생각을 하지 못했다.

—한정훈! 161km/h!

—하하. 점입가경입니다. 한정훈 선수, 오늘 일을 내려고 작심한 모양입니다.

침묵에 빠진 관중들을 대신해 중계진이 홈런을 친 것처럼 호들갑을 떨어댔다.

반면 테일즈는 종잡을 수 없는 한정훈의 투구에 정신이 하나도 없었다.

'뭐야? 갑자기 왜 이래? 설마 약물이라도 복용한 거야?'

초구에 던진 커터까지는 우연이라 받아들일 수 있었다. 하지만 2구째 들어온 포심 패스트볼은 이야기가 달랐다.

전광판에는 161km/h가 찍혔지만 실제로 느껴진 구속은 그 이상이었다.

어찌나 빠르던지 한정훈이 마운드 몇 발자국 앞에서 공을 던진 건 아닐까 의심스러울 지경이었다.

'평소와 다르니까 혼란스럽겠지.'

박기완이 피식 웃었다.

자신과 한정훈이 지금까지와는 전혀 다른 방법으로 승부를 걸고 있으니 테일즈가 당황하는 것도 무리는 아니었다.

다이노스를 제외한 모든 구단의 배터리 코치는 테일즈를 상대로 몸 쪽 공 승부에 유의하라고 주문했다.

데이터상 테일즈가 몸 쪽 코스에 어마어마하게 강했기 때문이다.

테일즈가 때린 홈런 중 절반 이상은 섣불리 몸 쪽 승부에 들어갔던 투수들이 얻어맞은 것이었다.

한정훈이 허용한 홈런 역시 마찬가지였다.

테일즈의 방망이를 끌어내기 위해 몸 쪽 하이 패스트볼을 요구했는데 공이 살짝 몰리면서 역으로 당하고 만 것이다.

박기완도 타석에 테일즈가 들어오면 주로 바깥쪽으로 승부를 끌고 갔다.

몸 쪽은 유인구. 혹은 목적구가 대부분이었다.

몸 쪽에 꽉 찬 패스트볼을 요구한 적은 손에 꼽을 정도였다. 당연히 테일즈의 머릿속에도 한정훈의 패스트볼은 스트라이크존을 가로질러 바깥쪽으로 들어가는, 까다로운 공이라고 인식되어 있었다.

그런데 마치 코앞에서 던지는 것 같은 패스트볼이 날아들었으니 방망이를 내밀 엄두조차 내지 못하는 게 당연했다.

'안타 2개 치고 정훈이 공 우습다고 했다며? 기다려 봐. 오늘 중으로 상대 타율을 2할로 만들어줄 테니까.'

한정훈에게 공을 돌려준 뒤 박기완이 곧장 사인을 냈다.

코스는 또다시 몸 쪽.

구종은 커터.

사인을 확인한 한정훈이 헛웃음을 흘렸다.

놀랍게도 박기완의 주문은 테일즈에게 홈런을 허용했던 그때와 똑같았다.

'기완이 형이 가끔 이러는 거 보면 무섭다니까.'

가볍게 고개를 끄덕거린 뒤 한정훈이 글러브를 가슴에 모았다.

그리고 초조하게 방망이를 까닥거리는 테일즈의 몸 쪽을 향해 공을 내던졌다.

후아앗!

한정훈의 손끝을 빠져나온 공은 칠 테면 쳐 보라는 듯 테일즈의 시야 속으로 날아들었다.

'몸 쪽!'

바깥쪽에 대비하고 있던 테일즈가 다급히 팔꿈치를 붙이며 방망이를 휘돌렸다.

타이밍 상 조금 늦었지만 여차하면 스트라이크 선언을 받을지도 모를 공을 어떻게든 걸러내야만 했다.

하지만 임기응변으로 맞춰낼 만큼 한정훈의 커터는 만만치가 않았다.

홈 플레이트 앞에서 꺾이기 시작한 공은 테일즈가 휘두른 방망이 손잡이 윗부분을 스쳐 지나 그대로 박기완의 미트 속에 빨려 들어갔다.

"스트라이크, 아웃!"

심판이 요란스럽게 삼진을 외쳤다.

그와 동시에 테일즈가 그대로 방망이를 바닥에 내리쳤다.

—테일즈 선수, 단단히 화가 난 것 같습니다.

—그래도 저런 식의 화풀이는 좋지 않습니다. 오늘 경기가 다 끝난 것도 아니고 앞으로 한 차례 이상 한정훈 선수와 상대해야 할 테니까요.

이용헌 해설위원은 테일즈에게 침착함을 주문했다.

다이노스 타선의 핵심인 테일즈가 흔들리면 다른 타자들도 영향을 받을 가능성이 높다고 지적한 것이다.

그리고 그 예상은 정확하게 맞아 떨어졌다.

5번 타자 박성민은 2구만에 파울 플라이 아웃.

6번 타자 손하섭은 초구를 건드렸다가 2루수 앞 땅볼 아웃.

오늘따라 더욱 위력적인 한정훈의 공을 제대로 공략해 내지 못하고 범타로 물러나고 말았다.

한정훈의 완벽투는 3회와 4회에도 이어졌다.

삼진, 삼진, 1루 땅볼, 삼진, 파울, 플라이, 삼진.

4회까지 7명의 타자를 삼진으로 솎아내며 다이노스 타선을 잠재웠다.

그사이 스톰즈 타자들은 3회와 4회 추가점을 뽑아내며 점수를 7 대 0까지 벌렸다.

3회에는 황철민의 연타석 솔로포가 터졌고 4회에는 박기완이 투런 포를 날렸다.

-경기 시작 전에 팽팽한 투수전을 예상하셨습니다만 경기 양상이 일방적으로 흐르고 있습니다.

-하하. 제가 정말 문어도 아니고 다 맞출 수는 없으니까요. 어쨌든 스톰즈 선수들, 그동안 다이노스를 상대로 고전했던 걸 오늘 경기를 통해 전부 설욕하려는 것 같습니다.

-그래도 경기장을 가득 메운 홈팬들을 위해서 다이노스도 반격을 시작해야 할 텐데요.

-그게…… 저 선수가 버티고 있어서 말이지요.

이용헌 해설위원의 말이 떨어지기가 무섭게 중계 카메라가 마운드에 오르는 한정훈을 잡았다.

등번호 10.

처음에는 에이스에게 부여되는 등번호를 신인에게 주는 건 과하다는 이야기가 많았지만 지금은 한정훈보다 10번이 어울리는 선수는 없다는 사실에 모두가 동의하고 있었다.

"후우……."

손바닥에 가득 묻은 로진 가루를 불어내며 한정훈이 홈 플레이트 쪽을 바라봤다.

박기완은 손에 낀 미트를 살피고 있었다.

그리고 좌타석 바로 옆에서 테일즈가 잔뜩 상기된 얼굴로 힘차게 방망이를 휘돌리고 있었다.

후웅! 후우웅!

방망이가 허공을 가를 때마다 섬뜩한 파공성이 울려 퍼졌다.

그 소리가 어찌나 사납던지 마운드에 있는 한정훈의 귀에까지 들릴 정도였다.

하지만 한정훈은 테일즈의 도발이 그저 우습기만 했다.

"벌써부터 그렇게 힘을 빼서 나중에 어떻게 하려고?"

한정훈이 느긋하게 투수판을 밟았다. 그러자 테일즈가 기다렸다는 듯이 방망이를 힘껏 들어 올렸다.

'어디 또 몸 쪽으로 던져 보시지!'

첫 타석에서 삼진을 당하긴 했지만 테일즈는 아직 한정훈을 완벽하게 인정하지 않았다.

아니, 자존심상 도저히 그럴 수가 없었다.

한정훈이 리그 최고의 투수라면 자신은 리그 최고의 타자였다.

몸값이면 몸값, 실력이면 실력.

그 누구에게도 뒤처지지 않았다.

아니, 애당초 테일즈는 용병 중에서도 급이 다른 타자였다.

마이너리그를 씹어 먹다시피 하며 메이저리그를 눈앞에 둔 젊은 타자가 이적 여파에 휘둘려 다이노스와 계약했을 때 야구 좀 안다는 전문가들의 반응은 한결같았다.

대체 왜?

지금이야 테일즈와 비슷한 성격의 용병들이 늘어나는 추세였지만 그 당시만 하더라도 테일즈의 커리어는 독보적이었다.

뿐만 아니라 테일즈는 지난 5년간 국내 리그에 완벽하게 적응을 마친 상태였다.

당연히 이제 막 프로에 데뷔한 한정훈이 한 수 아래로 보일 수밖에 없었다.

'제발 도망치지 마라.'

테일즈의 매서운 시선이 한정훈에게 날아들었다. 다행히도 한정훈 역시 싸움을 피할 생각은 없었다.

후아앗!

한정훈이 힘껏 내던진 공이 기이한 궤적을 그리며 테일즈의 몸 쪽으로 날아들었다.

투심 패스트볼.

"어딜!"

몸에 맞을 것 같은 두려움을 힘겹게 참아내며 테일즈가 재빨리 방망이를 휘돌렸다.

따악!

타구음이 요란하게 울렸다.

그러나 정작 방망이의 윗부분에 맞은 타구는 높게 솟구쳐 백네트 뒤로 넘어가 버렸다.

'빌어먹을. 뭐가 어떻게 된 거야?'

테일즈가 빠득 이를 갈았다.

분명 제 타이밍에 방망이를 휘두른 것 같은데 빗맞아버렸으니 울화통이 치밀 지경이었다.

그런 테일즈를 향해 한정훈이 쉬지 않고 곧장 2구째를 내던졌다.

후아앗!

빠르게 날아들 것처럼 굴던 공이 잠시 주춤해졌다.

체인지업.

구종을 파악한 테일즈가 스윙을 한 타이밍 늦췄다. 그리고 공이 타격 지점으로 다가온 순간 있는 힘껏 방망이를 휘돌렸다.

하지만 이번에도 타구는 정타로 이어지지 못했다.

따각!

방망이 밑동을 맞은 공은 곧장 파울 라인 밖으로 벗어나
버렸다.

−파울입니다. 테일즈 선수, 또다시 투 스트라이크로 몰립
니다.

−조금 전 공은 변종 체인지업이었죠? 단순한 체인지업
이라고 생각하고 때렸으니 제대로 맞추지 못하는 게 당연
합니다.

−이번 타석에서는 조금 성급한 느낌인데요.

−제 생각도 같습니다. 한정훈 선수에게 말려들기 전에 먼
저 때리겠다는 조바심이 테일즈 선수의 판단력을 흐트러뜨
린 느낌입니다.

중계진은 이번 타석에서도 테일즈가 한정훈에게 설욕하긴
어려울 것 같다고 말했다.

그 예상처럼 테일즈는 몸 쪽에 꽉 차게 들어오는 한정훈의
포심 패스트볼에 스윙조차 하지 못하고 물러나고 말았다.

−161㎞/h! 어마어마한 강속구입니다! 3구 삼진! 테일즈
선수를 두 타석 연속 공 3개로 처리합니다.

−공도 빠르지만 한정훈 선수가 영리하게 던졌죠? 초구에
는 무브먼트가 심한 포심 패스트볼을 던졌고 2구 때는 체인

지업을 던져서 타이밍을 뒤흔든 다음에 3구째 160이 넘는 포심을 붙였단 말이죠. 가뜩이나 투 스트라이크에 몰린 상황에서 테일즈 선수가 방망이를 휘두를 타이밍조차 잡아내지 못했네요.

—이로써 벌써 8개째 삼진인데요.

—이런 페이스라면 지난 5월 경기에서 세웠던 다이노스전 최다 탈삼진 기록은 충분히 넘어설 것 같습니다.

한정훈은 테일즈를 시작으로 5회와 6회 총 4개의 탈삼진을 추가하며 5월 14일 다이노스와의 홈경기에서 기록한 11개의 탈삼진과 타이를 기록했다.

그리고 7회 초 펠릭스 피에르에게 또다시 삼진을 빼앗으며 그 기록을 갱신해 버렸다.

—아, 피에르 선수. 이렇게 무기력하게 물러나면 안 되는데요.

—7회 원아웃이 진행 중인 현재 다이노스는 단 하나의 안타도 뽑아내지 못하고 있습니다.

—이런 식으로 가면…… 치욕적인 기록이 나올지도 모르는데요.

침묵에 빠진 다이노스 홈팬들을 배려해 이용헌 해설위원

이 에둘러 한정훈의 대기록 달성 가능성을 전했다.

남은 아웃 카운트는 8개.

앞으로 8명의 타자들만 잡아내면 한정훈은 KBO 통산 최초 퍼펙트게임의 주인공이 되는 것이다.

그렇다 보니 김영문 감독도 가만히 앉아 있을 수가 없었다.

"인우 빼고 성훈이 집어넣어요."

김영문 감독이 대타를 지시했다.

앞선 두 타석에서 좀처럼 타이밍을 잡지 못한 박인우보다 지성훈이 낫다고 판단한 것이다.

타석에 들어선 지성훈은 김영문 감독의 기대에 부응하기 위해 몸부림을 쳤다.

초구로 들어온 바깥쪽 포심 패스트볼은 놓쳤지만 2구와 3구, 4구를 연달아 파울로 만들어내며 승부를 제법 팽팽하게 끌고 갔다.

하지만 5구째 바깥쪽으로 휘어져 들어오는 투심 패스트볼을 건드리지 못하고 지성훈은 스탠딩 삼진을 당하고 말았다.

지성훈이 한참 동안 타석에서 버티며 항의를 해봤지만 판정은 달라지지 않았다.

설상가상 나성검마저 유격수 앞 땅볼로 물러나면서 7회말 공격도 삼자범퇴로 끝이 났다.

잔여 아웃 카운트도 6개로 줄어들었다.

그리고 8회 초.

따악!

-넘어갑니다!

-대단합니다. 토니 윌커스! 이번 시즌 40개째 홈런을 만들어냅니다!

토니 윌커스가 쏘아 올린 투런 홈런으로 점수가 9 대 0까지 벌어졌다.

-다이노스 입장에서는 뼈아픈 실점입니다.

-네, 이렇게 되면 한정훈 선수가 무리를 해서라도 경기를 마무리 지을 가능성이 높아 보입니다.

이용헌 해설의 예상대로 8회 말 한정훈이 또다시 마운드에 오르자 구장 곳곳에서 한숨 소리가 흘러 나왔다.

"아 진짜, 9 대 0인데 왜 올라오고 난리야?"

"한정훈 보호 좀 해줘라. 감독 뭐하냐!"

"테일즈! 제바아아알!"

"홈런은 안 바란다. 안타 하나만 때려다오!"

상당수 팬들은 4번 타자 테일즈가 뭐라도 하나 해주길 간절히 바랐다.

하지만 두 타석 연속 한정훈에게 철저하게 공략당했던 테일즈는 마지막 타석에서마저 허무하게 삼진을 당하며 다이노스 팬들을 절망의 구렁텅이 속에 빠뜨렸다.

따악!

뒤이어 타석에 들어선 해결사 5번 타자 박성민이 테일즈를 대신해 큼지막한 타구를 때려냈다.

한정훈이 몸 쪽 승부를 들어올 것이라 예상하고 무작정 방망이를 휘두른 게 장타로 이어진 것이다.

"어, 어어!"

실망감에 가득 찼던 다이노스 팬들이 동시에 자리에서 벌떡 일어났다.

하지만 마지막 순간에 힘이 떨어진 타구는 끝까지 쫓아간 좌익수 에릭 나의 글러브 속에 빨려 들어가고 말았다.

"하아, 젠장할. 먹혔네."

생각보다 앞쪽에서 타구가 잡히자 박성민이 고개를 절레절레 흔들어 댔다.

타이밍은 완벽했다. 그럼에도 타구가 잡혔다는 건 결국 힘에서 밀렸다는 소리였다.

"후우……. 하마터면 역적 될 뻔했네."

박기완은 가슴을 쓸어내렸다.

빨리 이닝을 끝마치고 싶다는 생각에 박성민을 상대로 너무 성급하게 승부에 들어갔다가 한정훈의 대기록을 망칠 뻔했다.

하지만 마운드에 선 한정훈은 여전히 무표정한 얼굴이었다.

지난 연속 타자 연속 탈삼진 때도 그랬지만 대기록에 대해서는 별로 의식하지 않는 것 같았다.

'짜식, 네가 그러면 내가 뭐가 되냐.'

마음을 다잡듯 박기완이 헬멧을 고쳐 썼다.

그사이 6번 타자 손하섭이 타석에 들어왔다.

야구 선수치고는 살짝 작은 키에 다소 왜소한 체격이었지만 손하섭의 컨택 능력은 국내 좌타자 중 최고였다.

게다가 손하섭은 전형적인 배드 볼 히터였다. 공이 눈에 들어오면 방망이를 머뭇거리지 않았다.

덕분에 오늘 선발 출전한 다이노스 타자 중 유일하게 삼진이 없었다.

'지금까지 너무 뻔하게 승부했어. 신중하게 가야지.'

박기완은 일단 바깥쪽 포심 패스트볼을 요구했다.

몸 쪽 코스를 진뜩 노리고 있는 게 훤히 보이는 손하섭을 상대로 초구부터 몸 쪽 승부를 들어가는 건 위험해 보였다.

한정훈은 언제나처럼 고개를 끄덕거렸다. 그리고 박기완의 미트를 향해 있는 힘껏 공을 내던졌다.

후아앗!

한정훈의 손끝을 빠져나간 공이 홈 플레이트를 가로지르

듯 날아들었다. 그 순간.

따악!

손하섭이 반사적으로 방망이를 휘둘렀다.

탁! 타닥!

잔디 위를 스쳐 지나간 타구가 3루수 왼쪽으로 향했다.

다소 빠르긴 했지만 정상적인 수비를 펼친다면 충분히 건져 낼 수 있는 공이었다.

그런데 한정훈의 위력적인 투구에 취해 잠시 방심했던 김주현이 뒤늦게 움직이면서 사단이 났다.

타구가 김주현의 글러브를 아슬아슬하게 스쳐 지난 것이다.

수비 반경이 넓은 공형빈이 공을 포구해 1루로 던졌지만 소용없었다. 헤드 퍼스트 슬라이딩까지 감행한 손하섭의 손이 먼저 1루 베이스에 닿은 뒤였다.

잠시 후.

0이었던 안타 개수가 1로 바뀌었다.

"와아아아아!"

끝없는 침묵에 빠져들었던 운동장이 떠들썩하게 울렸다.

반면 중계석을 비롯해 한정훈의 대기록을 기대하던 야구 팬들은 땅이 꺼져라 한숨을 내쉬었다.

―아 진짜, 김주현!

─그걸 못 잡으면 어쩌자는 거야!

각종 야구 게시판을 타고 김주현에 대한 비난의 목소리가
빗발쳤다.

김주현도 자책하듯 고개를 들지 못했다. 하지만 한정훈은
김주현을 탓하고 싶지 않았다.

"선배! 괜찮아요."

한정훈이 김주현을 바라보며 가볍게 글러브를 두드렸다.

올 시즌 김주현이 몸을 사리지 않고 만들어낸 호수비는 한
두 개가 아니었다.

마지막으로 제대로 한번 야구를 해보겠다던 다짐처럼 누
구보다도 열정적이고 성실하게 플레이해 왔다.

만약 김주현이 없었다면 신인들로만 이루어진 스톰즈 내
야가 이만큼 버티지도 못했을 것이다.

"정훈아, 미안하다."

한참 만에 고개를 든 김주현이 사과를 전했다.

머쓱하게 웃었지만 김주현의 작은 눈매는 붉게 달아올라
있었다.

한정훈은 다시 한 번 글러브를 두드렸다.

그리고 자신을 바라보는 더그아웃을 향해 가볍게 오른손
을 들어 올렸다.

안타를 맞긴 했지만 투구에는 아무런 문제가 없었다.

무엇보다 대기록이 깨졌다고 충격을 받고 마운드에서 내려가는 볼썽사나운 모습은 보이고 싶지 않았다.

"후우……."

길게 숨을 고른 뒤 한정훈이 투수판을 밟았다.

타석에는 7번 타자 모창인이 들어서 있었다.

한정훈이 적잖게 충격을 받았을 거라 예상한 듯 그의 표정은 한결 자신감에 차 있었다.

그런 모창인의 몸 쪽으로 한정훈이 투심 패스트볼을 바짝 붙여 넣었다.

퍼어엉!

순식간에 포수 미트에 꽂힌 공이 요란스럽게 울렸다.

뒤이어 전광판에 156㎞/h라는 어마어마한 구속이 찍혔다.

-한정훈 선수, 정말 침착하네요.

-네, 경험 많은 투수들도 대기록이 좌절되면 무너지는 경우가 많지 않습니까? 그런데도 한정훈 선수는 눈 하나 까딱하지 않네요. 정말…… 칭찬을 안 할 수가 없습니다.

한정훈이 흔들리면 어쩌나 하고 걱정했던 이용헌 해설위원의 입가로 흐뭇한 웃음이 번져 들었다.

반면 바깥쪽으로 휘어져 나가는 커터에 헛스윙을 한 모창인의 표정은 딱딱하게 굳어 있었다.

투 스트라이크 노 볼.

투수에게 절대적으로 유리한 볼카운트에서 박기완은 너클 커브를 주문했다.

패스트볼에 대응하기 위해 방망이를 짧게 움켜쥐고 있는 모창인을 보고 즉흥적으로 낸 사인이었다.

한정훈은 피식 웃어 보였다.

그리고 박기완이 원하는 대로 바깥쪽으로 떨어지는 너클 커브를 던졌다.

"크아앗!"

한정훈의 투구와 함께 허리를 반쯤 내돌렸던 모창인이 악을 내질렀다.

어깨가 일찍 열린 상태에서 너울거리며 날아드는 너클 커브를 쳐 내기란 결코 쉽지 않은 일이었다.

후웅!

결국 요란스러운 헛스윙과 함께 모창인이 삼진으로 물러났다.

투구를 마친 한정훈은 곧장 김주현에게 다가가 하이파이브를 나누었다.

그 모습을 본 야구팬들은 한정훈에게 한 대인이라는 별명을 붙여주었다.

비록 퍼펙트게임은 깨졌지만 9회 말을 깔끔하게 막아낸 한정훈은 21승째를 거두며 다이노스전에 약하다는 이미지를 깔끔하게 씻어내는 데 성공했다.

한정훈은 승리투수 인터뷰에서 특정 팀에 약하다는 이미지로 보이고 싶지 않다는 뜻을 분명하게 전했다.

그러자 이글스 팬 게시판이 소란스러워졌다.

−앞으로 한정훈 이글스에 약하다는 소리 금지다.

−한정훈 작심하고 던져서 다이노스를 탈탈 털었는데 이글스라고 무사하란 법 없음. 우리 모두 입조심 합시다!

한정훈이 다이노스만큼 이글스에 약하다는 사실을 내심 뿌듯하게 여겼던 이글스 팬들은 언제 그랬냐는 듯 태도를 바꿨다.

우천 취소로 연기된 시즌 마지막 경기에 한정훈이 등판할 가능성이 남아 있던 터라 더욱 긴장하는 분위기였다.

하지만 한정훈은 와이번스전과 타이거즈전을 끝으로 올 시즌 등판을 마쳤다.

최종 성적은 23승 1패.

평균 자책점은 0.72였다.

4

정규 시즌이 끝나고 하루를 쉰 뒤 곧바로 포스트시즌이 시작됐다.

양대 리그로 바뀌면서 포스트시즌 규칙도 변했다.

리그 플레이오프 – 리그 2위 vs 3위(5전 3선승제)

리그 챔피언십 – 리그 1위 vs 리그 플레이오프 승자(5전 3선승제)

한국 시리즈 – 동부 리그 챔피언십 승자 vs 서부 리그 챔피언십 승자(7전 4선승제)

한정훈의 후반 맹활약에 힘입어 스톰즈는 3게임 차로 라이온즈를 따돌리고 리그 플레이오프에 진출했다.

상대는 다이노스와 막판까지 1위 싸움을 벌였던 베어스였다.

로이스터 감독은 1차전 선발투수로 한정훈을 낙점했다.

마크 레이토스와 테너 제이슨이 후반기 힘이 부쩍 떨어진 상황에서 선발 로테이션을 지키기 어려워진 것이다.

이에 맞서 베어스는 신인급 투수인 권승혁을 마운드에 올렸다.

2017년 2차 7라운드에 지명된 선수로 공교롭게도 한정훈과 같은 고등학교 출신이었다.

"정훈아, 살살 좀 하자. 응?"

경기 시작 전부터 권승혁은 한정훈을 찾아와 애걸복걸했다.

고교 후배에게 사정하는 게 민망하긴 했지만 어렵게 잡은 기회를 이대로 놓치고 싶지 않았던 것이다.

"그래요, 뭐. 선배도 힘내요."

한정훈이 멋쩍게 웃었다.

프로의 세계에서 서로 봐주는 건 없다지만 함께 야구했던 권승혁의 부탁이 못내 마음에 걸렸던 것이다.

그런 한정훈의 부담감을 해결해 준 건 타자들이었다.

고교 동기인 공형빈의 3루타를 시작으로 1회에만 5점을 뽑아내며 권승혁을 조기 강판 시켜 버린 것이다.

한정훈은 7이닝 동안 12개의 탈삼진을 잡아내며 포스트시즌 첫 승을 올렸다.

아울러 투구 수를 조절하며 4차전 조기 등판의 가능성을 높였다.

궁지에 몰린 베어스는 2차전에 에이스 장원진을 내세웠다.

스톰즈에서는 마크 레이토스가 선발로 나섰지만 컨디션 난조로 5이닝만에 물러나면서 베어스 쪽으로 승기가 넘어가 버렸다.

1승 1패.

동률을 이룬 상황에서 장소가 안양 스톰즈 파크로 옮겨졌다.

3차전은 양 팀 좌완 에이스가 격돌했다.

테너 제이슨 대 유희완.

각기 빠른 강속구와 빼어난 제구를 무기로 내세운 두 투수의 팽팽한 맞대결은 7회까지 계속됐다.

그리고 그 0의 균형을 깨뜨린 건 김주현이었다.

따악!

김주현은 루데스 마르티네즈에게 2루타를 맞고 잠시 흔들리던 유희완의 초구를 받아쳐 왼쪽 담장을 넘겨 버렸다.

결승 투런 포.

이 홈런으로 스톰즈는 시리즈 전적 2승 1패로 앞서 나갔다.

3선발 이후로는 확신이 없던 스톰즈는 한정훈을 4차전에 투입하는 강수를 두었다.

1차전 이후 나흘만의 등판이었지만 한정훈은 7이닝을 1실점으로 막아내며 팀의 첫 챔피언십 시리즈 진출을 이뤄냈다.

이때까지만 해도 스톰즈의 돌풍은 계속될 줄 알았다.

하지만 마크 레이토스가 어깨 염증으로 등판이 불분명해지면서 비상이 걸렸다.

시즌 내내 롤러코스터를 탔던 조시 스펜서는 챔피언십 1차전에서 4이닝 4실점으로 무너졌다.

2차전에 등판한 테너 제이슨도 마찬가지.

6이닝 4실점의 부진한 투구로 패전의 멍에를 썼다.

일주일을 푹 쉬고 3차전 홈경기에 등판한 한정훈이 또다시 9이닝 완봉승을 거두며 다이노스 타자들의 상승세를 꺾었지만 4차전 선발로 예정된 배용수가 감기 증세를 보이고 대타로 나선 강현승이 6회를 버티지 못하면서 다이노스가 한국 시리즈에 진출하게 됐다.

양대 리그 1위 팀 대결로 관심을 모았던 다이노스와 이글스의 한국 시리즈는 4승 3패로 이글스의 승리로 끝이 났다.

그렇게 2018 시즌이 마무리됐다. 그리고 얼마 지나지 않아 시상식이 열렸다.

동부 리그 MVP는 중심 타자로 이글스의 우승을 이끈 김태윤에게 돌아갔다.

김태윤은 타율과 최다 안타, 타점, 출루율 부분에서 1위를 차지하며 타격 4관왕에 올랐다.

일부 팬들은 테일즈를 비롯해 강타자들이 즐비한 서부 리그에서 경쟁하지 않은 덕을 톡톡히 봤다고 비꼬았지만 김태윤의 활약이 없었다면 올 시즌 이글스의 우승도 불가능했을 거라는 점에 대해서는 그 누구도 이견을 제시하지 못했다.

많은 이의 관심을 가졌던 서부 리그 MVP 경쟁은 한정훈의 승리로 싱겁게 끝이 나버렸다.

동서부 리그를 통틀어 최다승 1위, 평균 자책점 1위, 탈삼진 1위, 승률 1위까지 투수 4관왕을 싹쓸이하고 신인상까지 차지한 한정훈의 기록은 그야말로 압도적이었다.

테일즈가 시즌 막판까지 분전했지만 한정훈과의 맞대결 이후로 30타수 2안타의 극심한 타격 슬럼프에 빠지면서 최다 안타와 타율 타이틀을 내준 게 뼈아팠다.

홈런과 타점 타이틀을 지켜내긴 했지만 그것만으로는 한정훈이 세운 어마어마한 기록들을 뛰어넘을 수가 없었다.

며칠 후 열린 골든 글러브 시상식에서 서부 리그 선발투수 부문 골든 글러브까지 차지한 한정훈은 명실공히 2018년 최고의 투수로 우뚝 섰다.

과거로 돌아온 지 3년여 만에 이뤄낸 기적 같은 일이었다.

1

시즌이 끝났지만 한정훈은 바쁜 나날을 보냈다.

ㅡ한정훈 선수, 인터뷰 한 번 하시죠?

ㅡ한정훈 선수되시죠? 저희가 좋은 일 하는데 함께하실…….

ㅡ어~ 한 선수, 나야 나. 기억하지? 왜 우리 지난번에 다함께 만나기로…….

각종 시상식 참석과 최소한의 인터뷰를 소화하는 데도 시간이 빠듯한데 한정훈을 오라는 곳은 하루가 멀다 하고 늘어만 갔다.

모든 스케줄을 베이스 볼 61에 위임했지만 어떻게 알았는지 한정훈의 개인 폰으로도 쉬지 않고 전화가 걸려왔다.

류현신 이후 12년 만에 MVP와 신인상을 독식하고 투수 4관왕과 골든 글러브까지 휩쓴 슈퍼 루키가 실력에 걸맞은 유명세를 치르는 건 어찌 보면 당연한 수순이었다.

문제는 그 유명세가 당사자의 예상과 대비를 한참이나 뛰어넘었다는 점에 있었다.

"이렇게 된 거 차라리 훈련소에 보내주세요."

채 한 달도 되지 않아 녹초가 되어버린 한정훈이 박찬영 대표를 붙잡고 사정했다.

이런 살인적인 스케줄에 시달리느니 차라리 4주짜리 군사 훈련이라도 받는 게 나을 것 같았다.

하지만 그마저도 쉬운 게 아니었다.

"한정훈 선수가 나이가 좀 어려서 올해는 힘들 것 같다고 하는데요."

한정훈이 다른 고교 졸업 선수들과는 달리 1년 일찍 프로에 진출한 상황이라 아직 징집 대상에 포함되지 않은 것이다.

"군대가 그런 것도 가려요?"

믿었던 훈련소마저 불발이 되자 한정훈은 한숨만 나왔다.

그러자 박찬영 대표가 웃으며 말했다.

"그래서 제가 공식적인 일정을 하나 잡아왔는데 한 번 보시겠습니까?"

박찬영 대표가 한정훈에게 서류 파일을 내밀었다.

그 안에는 박찬영 대표가 우선 선정한 일거리들이 올라와 있었다.

그중 가장 첫 줄에 오른 건 다큐멘터리 촬영이었다.

"이번에는 무슨 다큐예요?"

"지난번하고 크게 다를 게 없습니다. 소식 들으셨겠지만 쇼타 선수도 일본에서 신인상을 수상하지 않았습니까? 한일 슈퍼 신인들이 지난 1년간 얼마나 성장했는지를 촬영하고 싶다고 합니다."

"에에? 그런 걸 사람들이 과연 궁금해할까요?"

한정훈이 고개를 갸웃거렸다.

아이돌도 아니고 해마다 야구 선수의 성장 이야기를 촬영하는 건 무리수 같았다.

하지만 그건 한정훈이 일본의 사정을 몰라서 하는 말이었다.

"두 선수의 활약 덕분에 작년에 촬영된 DVD 매출이 어마어마했다고 합니다."

"에이, 설마요."

"정말입니다. 일본 가시면 아마 깜짝 놀랄 겁니다."

일본에서 한정훈의 인기는 상당히 뜨거웠다.

빼어난 실력은 둘째 치고 일단 외모가 먹혔다.

큰 키에 다부진 체격. 거기에 이목구비가 뚜렷한 외모까지 일본 야구계에서는 흔히 볼 수 없는 이미지였다.

거기에 쇼타와의 라이벌 관계도 크게 작용했다.

쇼타가 올 시즌 빼어난 활약을 펼친 덕분에 쇼타와 관련한 아이템의 매출이 급증했는데 그중에 후조 TV에서 방영된 다큐멘터리 DVD도 포함되어 있었던 것이다.

하지만 애석하게도 한정훈은 DVD 판매에 대한 수익을 거의 받지 못했다.

한국 협회 측에서 한국에서 판매되는 DVD에 대한 수익만을 받기로 합의를 해버렸기 때문이다.

"만약 촬영을 하시겠다면 이번에는 손해 보는 일이 없도록 확실히 계약하겠습니다."

박찬영 대표가 의욕을 보였다.

DVD를 통해 쇼타가 벌어들인 부수입을 얼추 전해 들은 만큼 한정훈에게도 큰 도움이 될 것이라 판단했다.

"뭐 지난번처럼 훈련하는 걸 촬영하는 거라면 나쁘지 않겠네요."

한정훈도 긍정적으로 고개를 끄덕거렸다.

금전적인 부분을 떠나 자신의 젊은 시절을 추억할 수 있는 영상 콘텐츠가 만들어진다는 건 분명 의미 있는 일이었다.

스톰즈 구단은 물론이고 베이스볼 61에서도 자체적인 영상을 제작하고 있다지만 그것과 한일 방송사가 합작으로 진행하는 건 느낌부터 달랐다.

한 가지 아쉬운 건 시기다.

훈련 영상이 필요한 만큼 촬영 시점이 전지훈련이 시작하기 열흘 전으로 나와 있었다.

박찬영 대표에게는 1순위 일정일지 몰라도 지금 당장 숨을 쉬고 싶은 한정훈에게는 아니었다.

자연스럽게 한정훈의 시선이 두 번째 일거리로 향했다.

"한일 슈퍼 매치? 이건 레전드 선수들만 나가는 거 아니에요?"

한정훈이 박찬영 대표를 바라봤다.

한일 슈퍼 매치라는 단어를 듣고 가장 먼저 떠오른 건 은퇴한 양국의 레전드 선수들이 벌이는 친선 시합이었다.

그러자 박찬영 대표가 웃으며 말을 받았다.

"생각하시는 그 대회는 아닙니다. 아직 정확한 명칭이 정해지지 않아서 가제로 뽑아놓은 거라 오해를 하신 것 같습니다."

"그래요?"

"네, 그리고 그 대회의 주최사로 저희 회사도 포함되어 있습니다. 한일 양국 메이저리그 출신 선수들과 메이저리그에 진출할 가능성이 높은 선수들을 초청해 벌이는 시합이거든요."

"오호, 그래요?"

한정훈도 눈을 반짝였다.

국내 프로 경력이 짧아서 레전드 대우를 받지 못하는 메이저리그 출신 선수들과 현재 메이저리그에 진출한 선수들, 그리고 앞으로 메이저리그에 진출할 가능성이 높은 유망주들을 한자리에 모은다는 것만으로도 분명 주목을 받을 것 같았다.

게다가 대회 일정도 마음에 들었다.

12월 말. 쌀쌀한 국내 날씨를 고려해 오키나와에서 치러지기로 이야기가 진행되고 있었다.

이 대회에 참가하기 위해 몸을 만든다면 적어도 일주일 정도는 조용히 지낼 수 있을 것 같았다.

"이것도 할게요."

한정훈이 가볍게 고개를 끄덕거렸다.

"감사합니다."

주최 측의 일원으로 박찬영 대표가 환하게 웃어 보였다.

리스트에 오른 세 번째 일거리는 광고 촬영이었다.

이 부분은 스톰즈와 계약할 당시에 상호 협의가 있었던 만큼 한정훈이 무작정 거부할 수 있는 건 아니었다.

대신 한정훈은 정한그룹 측에서 요구하는 5개의 광고를 3개 이하로 줄여 달라고 요청했다.

한정훈의 인기만큼이나 광고료도 치솟은 상황이었지만 박찬영 대표도 흔쾌히 고개를 끄덕거렸다.

"이제 시작인데 벌써부터 이미지 소비가 많아봐야 좋을 건 없죠."

현재 업계에서 인정한 한정훈의 광고 출연료 적정선은 2억 수준이었다.

정한그룹에서는 한정훈과 그룹 독점 광고를 진행하는 조건으로 +α를 제안하고 있었다.

하지만 박찬영 대표는 한정훈의 몸값이 지금 수준에서 고정될 것이라고는 전혀 생각지 않았다.

앞으로 해가 거듭될수록 한정훈의 몸값은 수직 상승하게 될 터.

미리부터 욕심을 부릴 이유가 전혀 없었다.

광고 촬영은 한정훈의 시간이 날 때 찍는 것으로 사전 합의가 된 상태였다.

한정훈은 최대한 빨리 광고 촬영을 앞당겨 달라고 부탁했다. 한정훈의 속사정을 누구보다 잘 아는 박찬영 대표노 웃으며 노력하겠다고 대답했다.

"이 정도만 해도 될 거 같아요."

한정훈은 나머지 리스트 중 다섯 개를 추가로 골라 박찬영 대표에게 일러주었다.

덕분에 전지훈련 전까지 스케줄이 가득 차버렸지만 원치

않은 일정에 불려 다니는 것보다는 훨씬 나아 보였다.

"참, 그리고 저 면허 따고 싶어요."

한정훈이 박찬영 대표를 바라보며 말했다.

운전면허만 나오면 근사한 차를 한 대 뽑아 도로를 달려보고 싶었다.

"운전면허 말씀하시는 거라면 제가 아는 곳이 있으니까 준비해 놓겠습니다. 그런데 따로 생각해 놓으신 차종은 있으세요?"

면허 이야기가 나오자 박찬영 대표가 적극성을 보였다.

2018시즌 MVP를 차지하면서 한정훈은 부상으로 4천여만 원 상당의 SUV 차량을 받았다.

하지만 한정훈은 그 차량을 베이스 볼 61에 기증해 버렸다.

표면적인 이유는 운전면허가 없다는 것이었지만 박찬영 대표는 한정훈이 원하는 스타일의 차량이 아니라서 외면 받았을 가능성을 높게 봤다.

그래서 한정훈이 면허를 취득한다면 좋은 자동차 한 대 선물해 줄 마음을 먹고 있었다.

"남자 하면 역시 스포츠카죠."

한정훈이 천진난만한 얼굴로 대답했다.

고가의 스포츠카는 부담스럽겠지만 운 좋게 과거로 돌아온 이상 일반 세단보다는 날렵한 스포츠카 정도는 한 번 몰아볼 생각이었다.

"그렇죠. 역시 남자 하면 스포츠카죠."

박찬영 대표가 한정훈을 따라 웃었다.

한창 젊은 한정훈이 스포츠카를 선호하리라는 것쯤은 충분히 예상 가능한 일이었다.

중요한 건 어떤 브랜드의 스포츠카를 원하느냐는 점이다.

"혹시 드림 카가 따로 있으세요?"

박찬영 대표가 조심스럽게 물었다.

한정훈이 감당 못할 슈퍼 카를 원한다면 또 모르겠지만 적정 수준의 차량이라면 사재를 털 각오까지 마친 상태였다.

하지만 과거 기러기 아빠로 살면서 대중교통을 애용할 수밖에 없었던 한정훈에게 드림 카 같은 낭만이 있을 리 없었다.

"솔직히 차는 잘 모르겠어요. 그냥 지난번에 민오 선배가 자기 차를 보여줬는데 그게 멋져 보이긴 하더라고요."

"아, 강민오 선수 말씀이시죠?"

어느 정도 갈피를 잡은 박찬영 대표가 고개를 끄덕거렸다.

스포츠카 마니아로 알려진 강민오는 두 번째 FA 대박을 터뜨리며 외제 스포츠카를 구입한 것으로 알려졌다.

"일단 학원부터 등록해 놓겠습니다. 그럼 저는 일이 있어서 이만 가 보겠습니다."

자리로 돌아온 박찬영 대표가 재빨리 강민오의 차량을 검색했다. 그리고 무겁게 한숨을 내쉬었다.

강민오가 구입한 차량은 P사의 912였다. 동종 상위 모델로 등록비용을 포함해 대략적인 가격은 2억여 원이었다.

한정훈에게 조금 더 상위 모델을 선물한다면 5천여만 원이 추가가 된다.

슈퍼 카에 비할 정도는 아니지만 살짝 부담이 되는 것도 사실이었다.

"아니야, 이 정도는 투자해야지."

박찬영 대표는 이내 고개를 흔들었다.

한정훈이 올 시즌 펼친 활약 덕분에 꿈이 가까워진 걸 감안하면 이 정도 선물은 아무것도 아니었다.

"어, 승아냐? 나 찬영인데. 너 P사 딜러 아는 사람 있어? 모델? 912. 내가 탈 건 아니고 선물할 거야. VIP한테."

박찬영 대표는 정보 수집 차원에서 주변 지인들에게 전화를 넣었다. 그런데 그 이야기가 스톰즈의 박현수 단장의 귀에까지 들어갔다.

"말씀하신 VIP가 한정훈 선수라면 제가 도와드리겠습니다. 그렇지 않아도 회장님 지인 한 분께서 P사 영업점을 운영하고 계시거든요."

박찬영 대표는 박현수 단장의 도움을 마다하지 않았다.

그렇지 않아도 어마어마한 보험료에 머리가 지끈거렸는데 조금이라도 저렴하게 차를 구입할 수 있다면 그보다 더 좋은 일은 없었다.

"회장님, 개인적으로 부탁드릴 일이 있습니다."

내년 시즌 운영에 대해 보고하기 위해 본사를 찾은 박현수 단장이 넌지시 말을 꺼냈다.

그러자 최정한 회장은 기다렸다는 듯이 지인에게 전화를 넣었다.

덕분에 박찬영 대표는 대기 기간 없이 파격적인 가격에 동종 최고 옵션 차량을 손에 넣을 수 있었다.

"이제 한정훈 선수가 면허를 취득하는 일만 남았네요."

반짝 반짝 윤기가 흐르는 912를 바라보며 박찬영 대표가 흐뭇하게 웃었다.

역시 과감하게 투자한 보람이 있었다. 한정훈도 이 차를 본다면 분명 좋아할 것 같았다.

그러자 직원 하나가 걱정스럽게 말했다.

"그런데 면허 따는 게 쉬울까요? 제 여동생도 5수 끝에 겨우 면허를 땄는데요."

2017년 이후로 면허 취득 규정이 강화되면서 면허를 따는 게 무척이나 어려워졌다.

운동신경이 좋은 운동선수 중에서도 기계치가 적잖은 만큼 한정훈이 한 번에 면허를 딴다는 보장은 없었다.

하지만 박찬영 대표는 쓸데없는 기우일 뿐이라고 일축했다.

"면허 따는 게 쉬울 거 같아 아니면 압도적인 성적으로 투수 4관왕을 차지하고 MVP와 신인왕 골든 글러브를 휩쓰는 게 쉬울 거 같아?"

"그, 그야……."

"난 한정훈 선수 믿는다. 분명 한 번에 붙었다고 연락 올 거야."

한정훈에 대한 박찬영 대표의 믿음은 굳건했다. 그리고 한 정훈은 그런 박찬영 대표의 믿음에 십분 부응했다.

처음 핸들을 잡았을 때 느꼈던 어색함은 금세 친숙함으로 변했다.

한정훈과 동석했던 강사조차 자신이 가르칠 게 없다며 혀를 내둘렀다.

"한정훈 선수, 신물입니다."

예상대로 한 번에 면허를 취득한 한정훈에게 박찬영 대표가 블랙박스 장착까지 마친 차량을 소개했다.

처음에는 거절하려 했던 한정훈도 상상 이상으로 멋진 912에게 마음을 빼앗기고 말았다.

"보험이나 다른 부분들은 걱정하지 마시고 타십시오. 단, 조심해서 운전해 주세요. 이깟 차보다 한정훈 선수가 몇십만 배 귀하니까요."

자동차 키를 넘기며 박찬영 대표가 신신당부를 했다.

"걱정하지 마세요. 저 교통법규는 철저하게 잘 지킵니다."

한정훈이 힘껏 고개를 끄덕거렸다.

솔직히 말해 이런 녀석과 함께 드라이브를 한다면 주변 차들의 적극적인 협조 속에 알아서 안전운전이 이루어질 것 같 았다.

"붕붕아, 광고 촬영만 끝나면 형이랑 고속도로 한 번 찐하 게 달리자!"

한정훈은 오피스텔 가장 구석진 자리에 붕붕이란 애칭을 붙여준 912를 조심스럽게 세워놓았다.

혹시라도 문콕이라도 당할까 봐 좌우에 문콕 방지 가드까 지 설치했다.

그리고 주차 관리인에게 홍삼 드링크를 박스째 건네며 붕 붕이의 안전을 부탁했다.

"걱정하지 마. 내 다른 차는 몰라도 한 선수 차는 불이 나 도 업고 나갈 테니까. 대신 나중에 사인 좀 해줘. 우리 손자 녀석들이 한 선수 광팬이야."

환갑을 바라보는 주차 관리인이 홍삼 드링크를 홀짝거리 며 웃었다.

"이번에 제주도 다녀오면 제가 원하시는 만큼 해드릴게요."

한정훈은 관리인만 믿고 제주도행 비행기에 올랐다.

제주도에서 한정훈은 5박 6일의 일정 동안 3편의 광고와 스톰즈 홍보 영상을 연이어 촬영하기로 일정이 잡혀 있었다.

한 공간에서 한 명의 모델을 상대로 서로 다른 세 개의 광 고 촬영이 진행된다는 건 대단히 이례적인 일이었다.

하지만 광고주는 물론이고 누구 하나 불만을 나타내지 않았다.

제주도에서 휴식을 취하며 함께 광고를 촬영하자고 제안한 게 바로 정한그룹의 광고를 책임지고 있는 정한기획이었기 때문이다.

현재 한정훈은 대한민국 광고계 최고의 블루칩으로 떠오른 상태였다.

준수한 외모에 어마어마한 실력, 무엇보다 아직까지 이미지 소비가 전혀 되지 않았다는 점 때문에 수많은 광고주가 눈독을 들이고 있었다.

정한기획은 광고 촬영 문제로 한정훈을 번거롭게 만들어 봐야 좋을 게 하나 없다는 사실을 잘 알고 있었다.

그래서 한정훈의 편의를 최대한 봐주는 쪽으로 광고 촬영 일정을 조정했다.

올해는 물론이고 앞으로 꾸준히 한정훈을 모델로 기용하기 위한 포석이었다.

덕분에 한정훈은 수월하다 못해 거의 날로 먹는 수준으로 촬영에 임할 수 있었다.

정한그룹 스포츠 브랜드 스톰의 광고 촬영 콘셉트는 한정훈의 피칭이었다.

그래서 한정훈은 불펜 피칭 후 마운드에서 30개의 투구를 전력으로 던졌다.

이후에는 거친 호흡을 섞어가며 '나는 스톰을 입는다'라는 짧은 멘트를 서너 번 반복한 게 전부였다.

"됐습니다. 한정훈 선수, 수고 많으셨습니다."

이대로 광고가 만들어질 수 있나 싶었지만 정작 촬영 감독은 만족스러움을 감추지 못했다.

둘째 날 촬영된 정한 식품의 스포츠 드링크 한스 볼의 촬영도 마찬가지였다.

한정훈의 공처럼 힘이 넘치는 음료라는 콘셉트라 딱히 할 게 없었다.

다소 지친 얼굴로 헉헉거리다가 드링크 세 캔을 꿀꺽꿀꺽 나눠 마신 뒤 러닝머신을 미친 듯이 내달리는 것으로 촬영이 끝나 버렸다.

셋째 날 촬영은 더 간단했다.

정한 생명의 광고 콘셉트는 '국내 최고의 투수 한정훈이 믿는 것'이었다.

촬영 감독은 한정훈에게 실내 촬영장 침대에 누워 히죽 웃는 역할을 맡겼다.

특별한 멘트도, 연기도 주문하지 않았다. 그서 '자연스럽게 웃어주세요', 그 한마디가 전부였다.

초반에는 촬영 현장이 어색해 한정훈도 잘 웃지 못했다.

웃긴 했지만 왠지 모르게 썩은 미소처럼 느껴지기도 했다.

하지만 그것도 잠시. 서울로 올라가 붕붕이와 고속도로를 달리는 생각에 빠져들자 한정훈의 입가를 타고 개구진 미소가 번졌다.

그 순간.

"컷! 됐습니다. 이것으로 가죠."

촬영 감독이 오케이를 선언해 버렸다.

"대표님, 이거 몰래카메라 같은 건 아니죠?"

촬영 20분 만에 철수를 서두르는 촬영 팀을 바라보며 한정훈이 걱정스러운 목소리로 말했다.

박찬영 대표가 사전에 조율을 했다고는 하지만 이건 해도 너무한 기분마저 들었다.

그러자 박찬영 대표가 걱정 말라며 웃었다.

"몰카 아닙니다. 당초 협의한 콘셉트대로 촬영한 거니까 광고도 잘 나올 겁니다."

"찍은 게 없는데요?"

"15초짜리 광고에 한정훈 선수가 전부 등장할 필요는 없으니까요."

"그래요?"

"대신 내일 촬영은 조금 고생하실 수도 있습니다. 박현수 단장이 직접 내려올 모양입니다."

제주도 일정 마지막 날에는 스톰즈 구단의 홍보 영상 촬영이 예정되어 있었다.

신생팀으로 첫 시즌 만에 서부 리그 2위에 오르는 저력을 선보였지만 그 정도로는 전국구 구단들의 틈바구니에 끼기 어려운 상황이었다.

그래서 스톰즈 구단에서는 작년에 이어 올해에도 한정훈 마케팅을 준비했다.

1년 만에 슈퍼 루키에서 대한민국 에이스로 발돋움한 한정훈을 전면에 내세워 전국의 야구팬들의 머릿속에 스톰즈라는 구단명을 다시 한 번 각인시킬 생각이었다.

"힘들어도 열심히 해야죠. 구단 홍보 일인데요."

한정훈도 열의를 보였다.

제주도에 와서 한 것 없이 광고 세 편을 내리 해치웠으니 뭐라도 해야 할 것 같았다.

하지만 박현수 단장도 팀의 에이스인 한정훈을 고생시킬 생각이 눈곱만큼도 없었다.

"대부분의 영상은 CG로 처리할 예정입니다. 한정훈 선수는 산 정상에서 잠시 포즈만 취해주시면 됩니다."

촬영은 한라산 정상에서 이루어졌다.

2018년 MVP를 거머쥐며 우뚝 솟은 한정훈을 한라산 정상에 오른 것으로 표현하려는 것이었다.

한정훈은 시키는 대로 정상에 서서 두 팔을 펴고 하늘을 올려다봤다.

다소 민망한 포즈였지만 촬영 감독은 이번에도 한 번에 오케이 사인을 냈다.

"이쯤 되면 둘 중 하나네. 내가 촬영에 재능이 있든지 아니면 저 감독이 내 안티든지."

한정훈은 고개를 절레절레 흔들어 댔다.

남들이 들으면 놀면서 돈 벌었다고 부러워할지 모르겠지만 이런 식의 불로소득은 딱히 달갑지가 않았다.

"내년에는 더 열심히 해야겠어."

당연한 목표였지만 한정훈은 새삼 마음을 다잡았다.

야구를 잘한다는 이유로 주변에서 이렇게나 챙겨주고 있는데 현실에 안주할 수는 없을 것 같았다.

2

관광과 다름없던 촬영이 끝나고 한정훈과 박찬영 대표, 박현수 단장이 한자리에 모였다.

"박찬영 대표님께 들으셨는지 모르겠지만 연봉 부분에 대해서는 확실히 자존심을 세워드리겠습니다."

분위기가 무르익자 박현수 단장이 넌지시 운을 뗐다.

한정훈의 연봉 협상은 박찬영 대표가 전담하고 있지만 그래도 당사자인 한정훈에게 미리 언질을 주는 게 낫다고 판단한 것이다.

선수 등록 마감이 코앞으로 다가온 상황이지만 아직 한정훈의 계약 소식은 공식적으로 보도된 게 없었다.

스톰즈 구단 측에서는 최선을 다해 협상에 임하고 있다는 원론적인 보도만 내보냈다.

한정훈의 에이전시인 베이스볼 61도 큰 이견은 없으며 조만간 협상을 마무리 지을 것이라는 이야기만 되풀이했다.

다른 선수도 아니고 2018시즌 MVP인 한정훈의 계약 문제다 보니 벌써부터 수많은 기자가 추측성 기사들을 쏟아내고 있었다.

그중 일부에서는 한정훈의 무리한 요구에 스톰즈 구단이 난색을 표하고 있다는 소설을 쓰기까지 했다.

그래서 박현수 단장은 한정훈과 박찬영 대표를 만난 김에 스톰즈 구단의 입장을 명확하게 밝혔다.

자존심을 세워주겠다. 그것은 2년 차 최고 연봉을 보장하겠다는 소리나 마찬가지였다.

역대 2년 차 최고 연봉은 류현신이 가지고 있었다.

2006년 입단 당시 최저 연봉인 2,000만 원을 받았다가 데뷔 첫해 투수 부분 트리플 크라운을 달성하고 MVP와 신인상, 골든 글러브까지 휩쓸면서 연봉도 수직 상승, 1억으로 뛰어 올랐다.

연봉 인상률은 무려 400%.

신인 최고 연봉 상승률이자 역대 최고 연봉 상승률이었다.

모든 지표에서 류현신보다 나은 활약을 보여주었던 한정훈의 연봉이 1억을 돌파하는 건 기정사실이었다.

일각에서는 10억을 줘도 아깝지 않다는 말들이 나돌았다.

물론 스톰즈 구단에서도 한정훈에게 많은 연봉을 안겨주고 싶었다.

하지만 형평성이라는 것도 고려할 필요가 있었다.

한정훈 한 명 때문에 모든 프로야구 선수가 상대적인 박탈감에 시달리게 될지도 모르는 문제였다.

그래서 박현수 단장은 본격적인 협상에 앞서 박찬영 대표에게 류현신을 기준으로 하자는 이야기를 전했다.

2년 차 최고 연봉.

그리고 최고 인상률.

2018년 1군 최저 연봉 3,000만 원이었으니 이 기준을 적용했을 때 최소 1억 5천만 원의 연봉이 보장되는 셈이었다.

1억 5천만 원만 되어도 류현신의 2년 차 최고 연봉인 1억을 훌쩍 뛰어 넘는 금액이었다.

하지만 12년이라는 시간차가 존재하는 상황에서 절대적인 액수만으로 비교를 하는 건 무의미한 일이었다.

결국 중요한 건 인상률이었다.

그렇다고 10%, 20% 추가 인상하는 건 생색내기에 불과했다.

최소 600%에서 최대 800%

박현수 단장은 3억을 넘지 않는 선에서 한정훈의 최종 연봉이 결정될 것이라고 예상했다.

그리고 박찬영 대표 역시 박현수 단장과 충분히 교감을 나눈 상황이었다.

하지만 한정훈은 벌써부터 연봉에 욕심을 내고 싶진 않았다.

만약 무언가에 욕심을 내야 한다면, 올 해보다 팀이 더 강해지길 바랐다.

"FA 쪽은 어때요?"

한정훈이 화제를 돌렸다.

그러자 박현수 단장이 멋쩍게 웃으며 말을 받았다.

"윤성민 선수는 타이거즈에 잔류할 것 같습니다. 장원진 선수는 이적을 고려하는 것 같습니다만 스톰즈를 선택할 것 같지는 않습니다."

2019년 스톰즈의 최대 목표는 수준급 투수의 영입이었다.

에이스 한정훈이 건재하고 강현승이라는 쓸 만한 6선발을 키워냈지만 그것만으로는 만족하기 어려웠다.

특히나 2020년부터는 신생팀 혜택이 사라진다.

용병 보유 제한이 5명에서 4명으로 줄어드는 만큼 시장이 열렸을 때 어떻게든 선발이 가능한 투수를 손에 넣을 필요가 있었다.

1차 목표는 타이거즈의 우완 에이스 윤성민.

2차 목표는 베어스의 좌완 선발 장원진.

둘 중 누구라도 상관없었다.

한 명이라도 영입한다면 스톰즈의 선발진은 12개 구단 가운데 최고가 될 수 있었다.

하지만 애석하게도 그런 일이 일어날 가능성은 턱없이 낮아진 상황이었다.

"아쉽네요."

한정훈이 쓸쓸하게 웃었다.

이렇게 된 이상 기존의 전력이라도 이탈 없이 유지하는 게 최선 같았다.

"용병 계약 문제는 어떻습니까?"

한정훈의 속내를 읽은 듯 박찬영 대표가 박현수 단장을 바라봤다.

"일단 모두와 재계약하는 건 어려울 것 같습니다."

박현수 대표가 원론적인 이야기를 꺼냈다.

올 시즌 스톰즈에서 뛴 외국인 용병은 총 다섯 명이었다.

그중 제 몫을 다했다고 평가받는 용병은 두 명뿐이었다.

후반기에 다소 부침이 있었지만 15승을 거두며 선발진의 한 축을 담당한 테너 제이슨.

그리고 37개의 홈런과 118타점, 10할이 넘는 OPS를 기록한 루데스 마르티네즈.

이 두 선수에 대해서는 구단에서 일찌감치 재계약 의사를 전한 상태였다.

다행히 테너 제이슨과 루데스 마르티네즈 모두 한국 생활에 만족하고 있는 상태라 재계약 전망도 밝았다.

문제는 나머지 선수들이다.

4선발로 뛰었던 조시 스펜서는 재계약 불가 대상이었다.

후반 막바지 힘을 내면서 10승을 거두긴 했지만 컨디션에 따라 기복이 너무 심했다.

조시 스펜서 본인은 재계약을 강력하게 희망하고 있었다.

적잖은 연봉을 받으며 선발로 경험을 쌓는 게 나쁘지 않다고 판단한 것이다.

그러나 현장에서는 선발로 기용하기에는 무리라는 판단이 일찌감치 내려진 상태였다.

그래서 스톰즈 구단 스카우터들도 조시 스펜서를 대체할 만한 용병을 최우선적으로 구하는 중이었다.

45개의 홈런으로 팀 홈런 1위, 서부 지구 홈런 3위에 오른 토니 윌커슨은 재계약 보류 판정을 받았다.

한 방 능력은 훌륭했지만 타율이 너무 낮은 게 흠이었다.

올 시즌 타율은 2할 2푼 2리.

타율이 너무 낮다 보니 출루율도 3할에 못 미쳤다.

게다가 체격이 지나치게 비대해 수비 능력도 떨어졌다.

지명 타자 이외에는 출전이 불가능한 탓에 전략적인 손해가 크다는 게 현장의 의견이었다.

물론 토니 윌커슨은 조시 스펜서처럼 냉정하게 쳐낼 대상은 아니었다.

낮은 타율에도 불구하고 45개의 홈런을 때려냈다는 건 분명한 장점이었다.

박현수 단장도 FA를 통한 타자 영입이 불가능할 경우 토니 윌커슨을 그대로 끌고 갈 생각을 가지고 있었다.

로이스터 감독도 상황에 따라 재계약한다는 점에 충분히 공감했다.

토니 윌커슨을 대신해 40개 이상의 홈런을 때려내 줄 타자를 구하는 게 쉽지 않다고 판단한 것이다.

조시 스펜서와 토니 윌커슨의 재계약에 대해서는 구단과 코칭스태프의 입장이 같았다.

하지만 마크 레이토스를 두고서는 이견이 갈렸다.

올해 1선발로 활약한 마크 레이토스는 26경기에 등판해 13승을 챙겼다.

노 디시전 경기가 유독 많았던 걸 감안하면 준수한 성적임에 틀림없었다.

하지만 후반기 재발한 팔꿈치 부상과 350만 달러에 달하는 연봉이 문제였다.

내년부터는 한정훈이 1선발로 복귀하는 만큼 2, 3선발급 투수에게 300만 달러 이상을 쓰는 건 과소비라는 지적이 많았다.

박현수 단장은 마크 레이토스를 대신할 용병을 구하는 게 낫다고 판단했다.

마크 레이토스의 연봉과 조시 스펜서의 연봉을 합친다면 테너 제이슨에 못지않은 투수 두 명을 영입할 수 있게 된다.

그러나 로이스터 감독의 생각은 달랐다.

"한정훈과 함께 스톰즈의 마운드를 이끌어줄 수 있는 투수는 마크 레이토스밖에 없습니다."

마크 레이토스의 부상 정도가 심하지 않은 만큼 재계약할 가치는 충분하다는 것이었다.

다행히 마크 레이토스 역시 한국 생활에 만족하고 있었다.

선발로 오랜만에 풀타임을 소화한 만큼 내년 시즌에는 더 좋은 활약을 보여줄 거라는 자신감도 가지고 있었다.

하지만 박현수 단장은 마크 레이토스의 활약 여부보다 효율성에 더 초점을 맞추었다.

모기업에서 용병 연봉 총액을 20% 늘려주었지만 각 용병의 연봉 인상액을 고려하자면 크게 여유로워진 것은 아니었다.

불확실한 마크 레이토스에게 비싼 연봉을 주고 한 시즌 더 끌고 가야 하는가.

아니면 마크 레이토스를 과감히 배제하고 수준급 용병 영입에 초점을 맞출 것인가.

"한정훈 선수의 생각은 어떻습니까?"

쉽게 풀리지 않을 고민거리가 한정훈에게까지 넘어왔다.

스톰즈의 에이스이자 내년 시즌 핵심 전력으로서 박현수 단장은 한정훈의 뜻을 알고 싶었다.

그러나 한정훈의 대답은 예상보다 간단했다.

"전 레이토스 좋아요."

"……네?"

"좋은 선수라고요. 그리고 올 시즌에는 분명 더 좋은 모습을 보여줄 거라 생각해요."

박현수 단장이 의외라는 눈으로 한정훈을 바라봤다.

마크 레이토스와 별다른 친분이 없기 때문에 냉정한 판단을 내릴지 모른다고 기대했는데 대답은 정반대로 나온 것이다.

하지만 한정훈도 아무 이유 없이 마크 레이토스를 옹호한 건 아니었다.

올 시즌 마크 레이토스는 한정훈만큼이나 각 구단의 집중 견제를 받았다.

1선발로 시즌을 시작한 만큼 각 구단 1선발들과 맞붙는 건 어쩔 수 없는 숙명이었다.

문제는 우천 취소나 컨디션 난조 등으로 마크 레이토스의 등판 일정이 바뀌어도 다른 구단에서 1, 2선발급 투수들을 맞붙였다는 점이다.

풀타임 메이저리거랍시고 한국 무대를 씹어 먹게 내버려 둘 수는 없다.

말은 하지 않았지만 모든 구단이 마크 레이토스와의 경기에서 지지 않으려고 애를 썼다.

그럼에도 마크 레이토스는 부담감을 이겨내고 올 시즌 13승이나 챙겼다.

이런 상황에서 마크 레이토스가 빠진다면?

아마 내년부터는 테너 제이슨에게 집중 견제가 몰려들 게 뻔했다.

수많은 시련을 겪으며 한국까지 온 마크 레이토스와는 달리 테너 제이슨은 아직 단단한 투수가 아니었다.

모든 구단의 표적이 됐다는 사실만으로도 부담을 느끼게 될 터였다.

만에 하나 테너 제이슨이 자신을 향한 집중 견제에 무너지기라도 한다면?

한정훈이 올 시즌 이상의 활약을 펼친다 하더라도 내년 시즌을 장담하기 어려워진다.

물론 새로 영입한 용병 투수들이 쏠쏠한 활약을 펼칠 가능성도 배제할 순 없었다.

하지만 한국 무대에 적응하지 못하고 중도 퇴출되는 용병이 시즌마다 40퍼센트 이상인 걸 감안했을 때 마크 레이토스와 재계약하는 편이 훨씬 더 이로워 보였다.

"내년 시즌에도 좋은 모습을 보여준다면 레이토스는 미국으로 돌아갈 거예요."

고민하는 박현수 단장을 바라보며 한정훈이 말을 보탰다.

마크 레이토스와 함께할 수 있는 건 내년까지로 봐야 했다.

올 시즌 막판에 부상이 없었다면 아마 마크 레이토스 측에서 먼저 미국으로 가겠다는 말을 꺼냈을지 몰랐다.

"알겠습니다. 한정훈 선수의 말씀, 참고하겠습니다."

박현수 단장이 이내 고개를 주억거렸다.

마크 레이토스와의 재계약을 개인적으로 결정할 수는 없기 때문에 참고하겠다고는 했지만 내심 잔류 쪽으로 마음이 상당히 기운 상태였다.

"참, 신축 구장 문제는 어떻게 됐습니까?"

분위기를 환기시키듯 박찬영 대표가 새로운 화젯거리를 꺼내 들었다.

자연스럽게 한정훈의 눈빛도 달라졌다.

안양 스톰즈 파크는 안양시에서 주도해 완공된 경기장이었다.

시설은 좋았지만 처음부터 프로 구단의 홈구장을 염두에 두진 않았기 때문에 타 구장에 비해 규모가 작은 편이었다.

최대 수용 인원은 1만 5천여 명.

증축을 한다 해도 2만 명이 한계였다.

그래서 안양시에서는 기존 구장을 2군 전용 구장으로 변경하고 신축 구장을 건설하기로 스톰즈 구단과 합의를 한 상태였다.

하지만 재정 문제를 들먹이며 안양 시의회에서 기존의 논의를 백지화하겠다고 선언하면서 논란이 되고 있었다.

"신축 구장을 짓는 게 가능하긴 한가요?"

한정훈이 박현수 단장을 바라봤다.

현재까지 돌아가는 분위기로 봐서는 안양시에 신축 구장을 짓는 게 쉽지 않아 보였다.

그러자 박현수 단장이 조심스럽게 입을 열었다.

"그렇지 않아도 적당히 논의가 되면 말씀드리려 했습니다만…… 아무래도 연고지를 옮겨야 할 것 같습니다."

"예? 연고지를 옮기다니요?"

"이게 모기업과 연관이 된 문제라서요."

박현수 단장은 모기업인 정한그룹의 입장을 허심탄회하게 꺼내놓았다.

당초 연고지 문제로 골머리를 앓던 스톰즈에게 안양시는 완공 직전의 신축 구장(현 스톰즈 파크)에 들어올 것을 권했다.

1차 계약 기간은 3년. 3년 안에 신축 구장을 지을 수 있도록 전폭적인 지원을 아끼지 않겠다며 손을 내밀었다.

물론 공짜는 아니었다. 정한그룹에서 추진 중인 계열사 사옥 이전 시 1개 그룹 이상을 안양으로 옮겨 달라는 것이었다.

서울과 인접성을 생각했을 때 안양시의 요구는 과하지 않았다.

그래서 정한그룹에서도 안양시의 요구를 받아들이고 안양시를 스톰즈 구단의 연고지로 삼았다.

하지만 안양시에서 계획에도 없던 구시청 일대를 고가에

매각해 계열사 사옥을 지어 달라는 무리한 요구를 하면서 스톰즈 구단의 입장이 난처해졌다.

정한그룹은 안양시의 무리한 요구를 들어줄 수 없다며 계열사 이전 문제를 취소하겠다는 뜻을 밝혔다.

그러자 안양시에서도 스톰즈 구단을 볼모로 신축 구장은 없다며 맞불을 놓은 것이다.

"그렇다면 안양에서 오래 버티기는 어렵겠네요."

박찬영 대표가 씁쓸한 표정을 지었다.

기업가의 입장에서 봤을 때 정한그룹이 스톰즈 구단을 위해 큰 손해를 감수하고 안양에 남을 가능성은 없다시피 했다.

"그래서 지금 성남 쪽과 이야기를 나누는 중입니다."

박현수 단장이 말을 받았다.

인구 100만에 육박하는 성남은 안양보다 입지 조건이 좋았다.

게다가 성남시에서는 5년 이내 13구단을 창단하겠다는 목표로 신축 구장을 지을 수 있는 부지까지 확보해 놓은 상태였다.

"일단 내후년까지는 안양에서 야구를 해야 하는 상황입니다. 본사에서는 위약금을 물어서라도 안양시와의 계약을 깨겠다고 난리지만 현실적으로 스톰즈 파크를 대체할 만한 구장이 없는 상황입니다. 대신 최대한 빠른 시일 내에 성남시에 신축 구장을 짓는 쪽으로 연고지 이전 문제를 마무리 지으려고 하고 있습니다."

박현수 단장의 시선이 한정훈에게 향했다.

다른 선수라면 몰라도 팀의 에이스인 한정훈에게는 사전에 양해를 구하고 싶은 눈치였다.

"구단의 사정이 그렇다면 어쩔 수 없죠."

한정훈도 묵묵히 고개를 끄덕거렸다.

지난 시즌 열정적으로 응원해 준 안양 팬들에게는 미안한 일이지만 정치적인 문제가 낀 상황에서 한정훈이 할 수 있는 일은 아무것도 없었다.

3

다음 날 아침.

툭.

가장 빠른 비행기 표로 서울에 돌아온 한정훈은 집 안에 짐을 내던졌다.

그리고 곧장 붕붕이가 있는 지하 주차장으로 달려갔다.

"아이고, 붕붕아."

고작 5일이 지났을 뿐인데 붕붕이의 얼굴에는 시커먼 먼지들이 들어붙어 있었다.

차를 보호하기 위해 일부러 구석진 자리에 세운 게 악영향을 끼친 모양이었다.

"일단 형이랑 목욕부터 하자."

한정훈은 조심스럽게 차 문을 열었다.

그 순간.

"한 선수 왔어? 차는 걱정하지 마. 내가 틈만 나면 살폈으니까."

뒤늦게 한정훈을 발견한 주차 관리원이 뛰어 와 붕붕이의 앞을 가로막았다.

그러고는 약속을 지켜 달라며 A4 용지 30여 장을 내밀었다.

"죄송한데 저 잠깐 다녀와서 해드리면 안 될까요?"

먼지 뒤집어쓴 붕붕이의 몰골에 속이 상한 한정훈이 정중하게 양해를 구했다.

사인이야 세차를 마치고 와서 해줘도 늦지 않다고 생각했다.

그러나 지하 4층까지 있는 주차장을 홀로 관리해야 하는 주차 관리원도 시간이 없긴 마찬가지였다.

"만난 김에 해줘야지. 바쁜 양반 얼굴 또 언제 보려고?"

결국 한정훈은 주차 관리실에 끌려가 30여 분간 정성스럽게 사인을 하고서야 붕붕이에 오를 수 있었다.

"빌어먹을, 이놈의 사인을 바꾸던가 해야지."

뻐근해진 오른 손목을 매만지며 한정훈이 불만스럽게 투덜거렸다.

사인만 간단해도 금방 나왔을 텐데. 멋 부리려다 손목이 나갈 것 같았다.

하지만 그것도 잠시.

붕붕이에 올라타기가 무섭게 짜증은 눈 녹듯 사라져 버렸다.

"붕붕아, 잘 지냈어?"

혼잣말로 인사를 하며 한정훈이 스타트 버튼을 가볍게 눌렀다.

드르르릉.

묵직한 울부짖음이 한정훈의 온몸을 휘감았다. 자연스럽게 한정훈의 얼굴에도 환한 웃음이 번졌다.

이 소리였다.

바로 이 소리를 듣기 위해 제주도 관광을 하자는 박찬영 대표의 제안마저 뿌리치고 서울에 온 것이다.

"짜식, 너도 형 보고 싶었구나?"

마치 친동생처럼 붕붕이의 핸들을 쓰다듬던 한정훈이 천천히 액셀러레이터를 밟았다.

일단 붕붕이를 깨끗하게 씻긴 뒤에 고속도로를 타고 서해안을 돌아볼 생각이었다.

부아아앙!

한정훈의 속내를 읽기라도 한 듯 붕붕이가 요란한 엔진음을 내며 앞으로 내달렸다.

그리고 주차장 입구를 막 벗어나려는 순간.

"······!"

한정훈의 눈앞으로 무언가가 튀어나왔다.

'이런 시팔!'

한정훈은 다급히 브레이크를 밟았다.

입구가 보이는 순간부터 살짝 속력을 줄인 탓에 다행히도 붕붕이는 사고 직전에서 멈춰 섰다.

그러자 차 앞으로 뛰쳐나온 여자의 얼굴이 당혹스럽게 변했다.

'뭐야, 시팔! 미쳤어?'

한정훈이 눈을 부릅뜨고 여자를 노려봤다.

하지만 제법 진하게 뒤덮인 선팅 때문에 여자는 한정훈의 표정을 볼 수 없었다.

"후우······."

한정훈은 길게 숨을 골랐다.

무슨 의도로 뛰어들었는지는 모르겠지만 일단 사고가 나지 않아 다행이었다.

그렇다고 재수 옴 붙었다고 여기고 무작정 넘어갈 수도 없는 노릇이었다.

직접적인 접촉이 없다 하더라도 사고로 이어졌다면 수습을 해야 하기 때문이었다.

"괜찮아요?"

한정훈이 차에서 내려 여자에게 다가갔다. 그러자 여자가 기다렸다는 듯이 발목을 붙들었다.

"발목이 좀 삔 것 같아요."

"발목이요?"

한정훈의 시선이 여자의 발목 쪽으로 움직였다. 그리고 자신도 모르게 마른침을 꿀꺽 삼켰다.

한 뼘 정도 될 만한 짧은 미니스커트를 따라 쭉 뻗은 다리는 그야말로 예술이었다.

게다가 발목은 어찌나 가는지 누가 툭 하고 건드려도 똑하고 부러질 것만 같았다.

하지만 딱 거기까지였다.

아주 잠시 수컷의 본능이 깨어났지만 그렇다고 이런 상황에서 여자를 밝힐 만큼 한정훈은 어수룩하지 않았다.

"혹시 모르니까 병원에 가 보는 게 좋을 것 같습니다."

한정훈이 애써 침착한 목소리로 말했다.

그러자 여자가 가볍게 미소를 짓고는 겁도 없이 붕붕이의 보조석에 올라타려 했다.

"아, 잠시만요. 저도 놀라서 운전은 무리거든요. 그러니까 잠시만 기다려 주세요."

한정훈은 냉큼 여자를 제지했다.

남들이 보면 이상하다 여길 수도 있겠지만 한정훈은 새 차 특유의 기분 좋은 가죽 냄새가 완전히 빠질 때까지는 누구도 태울 생각이 없었다.

특히나 실외에서도 향수 냄새가 강하게 풍기는 여자라면 절대 사절이었다.

"대표님, 전데요. 제가 사고가 나서요. 아니요, 접촉 사고는 아니고요. 비접촉 사고요. 네."

한정훈은 곧장 박찬영에게 전화를 걸었다. 그러자 박찬영은 새로 뽑은 한정훈 전담 직원을 현장에 보냈다.

이틀 전 한정훈과 같은 오피스텔로 이사를 온 직원은 3분여 만에 주차장 입구로 달려왔다.

"안녕하세요. 저는 한정훈 선수 에이전시에 소속된 김상엽이라고 합니다. 실례지만 성함이 어떻게 되시는지요?"

"기, 김선영이요."

"김선영 씨 발목이 좋지 않으시다는 이야기는 한정훈 선수에게 들었습니다. 이렇게 시간이 지체되어 정말 죄송하게 생각합니다. 괜찮으시다면 병원까지는 제가 모시겠습니다. 보험 회사에는 연락을 해두었으니 걱정하지 않으셔도 됩니다."

김상엽이 한정훈을 대신해 능숙하게 사고 처리에 나섰다.

여자의 옷차림이 상당히 도발적이었지만 김상엽은 눈 하나 까딱하지 않았다.

다른 고객도 아니고 한정훈과 관련된 일이었다.

베이스 볼 61의 최대 고객을 위해 눈곱, 아니, 티끌만큼이라도 실수해서는 안 된다는 부담감이 그의 남성 본능을 인정사정없이 짓누른 것이다.

"좀 쉬니까 괜찮은 거 같은데요."

경비실에서 내준 의자에 앉아 있던 여자가 시간을 끌었다. 그러면서 어딘가를 자꾸 힐끔거렸다.

그러자 뭔가를 눈치챈 김상엽이 한정훈에게 다가왔다.

"아무래도 파파라치 같은데요."

"파파라치요?"

"이 차가 한정훈 선수 차인 걸 알고 사고를 내려고 한 것 같습니다. 한정훈 선수가 여자분을 태웠다면 아마 곧장 열애설 같은 걸 터뜨리려고 한 것 같습니다."

김상엽은 자해공갈단일 가능성은 일찌감치 배제했다.

지하주차장 입구를 포함해 곳곳에 CCTV가 설치되어 있었다.

이런 곳에서 일을 벌일 만큼 어수룩한 자해공갈단은 없다시피 했다.

게다가 만약 자해공갈단이라면 지금쯤 피해자의 친인척을 주장하는 이들이 한 무리 나타나야 정상이었다.

하지만 아직까지도 여자, 김선영은 혼자였다. 누군가에게 도움을 청하는 전화를 걸지도 않았다.

"그럼 어떻게 해야 합니까?"

한정훈이 김상엽을 바라봤다. 그러자 김상엽이 씩 웃으며 말했다.

"한정훈 선수가 워낙에 대처를 잘해서 특별히 걱정할 일은 없을 것 같습니다. 제가 저 아가씨를 태우고 먼저 이동할 테니 한정훈 선수도 택시를 타고 뒤따라오십시오. 차는 일단 차고에 보관해 놓는 게 좋겠습니다."

김상엽은 한정훈을 대신해 붕붕이를 다시 원래 위치에 가져다 놓았다.

그리고 싫다는 여자를 데리고 근처 병원으로 향했다.

한정훈도 김상엽의 조언대로 택시를 타고 뒤따라 병원으로 향했다.

비접촉 사고이다 보니 특별한 외상은 없었지만 김상엽은 한정훈과 김선영의 정밀 검사를 의뢰했다.

"이걸 꼭 받아야 해요?"

갑작스럽게 입원을 해야 하는 상황에 김선영이 당혹감을 드러냈다. 하지만 김상엽은 당연하다는 표정을 지었다.

"혹시라도 발목 이외에 불편한 부분이 있을지도 모르는데 당연히 제대로 검사받으셔야죠."

김상엽이 제대로 라는 단어에 강세를 두었다.

그제야 김선영은 뭔가 일이 잘못 돌아가고 있다는 사실을 느꼈다.

"전 정말 괜찮아요. 발목도 다 나은 것 같아요."

김선영이 애원하듯 말했다. 그러나 애석하게도 김상엽이 받은 지시는 절차대로 진행하라는 것이었다.

"그냥 가볍게 건강검진 받는다고 생각하세요. 그나저나

우리 한정훈 선수도 별일 없어야 할 텐데 말이죠……."

"……네? 그게 무슨……."

"한정훈 선수가 급브레이크를 밟았다고 하셨잖아요? 접촉 사고는 없었지만 당연히 운전자에게도 충격이 갔겠죠. 아시다시피 한정훈 선수가 어디 보통 선수입니까? 신인으로 데뷔하자마자 MVP와 신인왕을 휩쓴 국내 최고의 투수 아닙니까? 아 참, 아까 야구 잘 모른다고 하셨죠? 어쨌든 일단은 검사 잘 받으시기 바랍니다."

때마침 다가온 간호사가 하얗게 질린 김선영을 검사실로 데리고 갔다.

그사이 보험 회사 직원, 고영준이 한정훈의 차량 블랙박스와 CCTV 영상 등을 분석하고 돌아왔다.

"어떻습니까?"

"어떻긴요. 말씀하신 대로입니다. CCTV에 다 찍혀 있던데요."

"그래요?"

"네, 여기 보시면 아시겠지만 일부러 주차장 앞에서 어슬렁거리다가 한정훈 선수가 올라오길 기다리고 있었습니다."

고영준은 김상엽에게 문제의 영상을 보여주었다.

신축 오피스텔답게 감시용 CCTV가 워낙 많이 설치되어 있어서 김선영의 수작질이 명백하게 드러나 있었다.

"그런데 아직 경찰 쪽에 연락하지 않으셨습니까?"

고영준이 김상엽을 바라봤다.

이 정도 정황 증거가 나왔으면 그다음은 경찰에 맡기는 게 편했다.

하지만 김상엽의 생각은 달랐다.

"경찰에 전화하면 아마 기자들이 기다렸다는 듯이 달려올 겁니다. 그리고 사실 확인조차 하지 않고 기사를 쏟아내겠죠. 마치 한정훈 선수가 사람을 치기라도 한 것처럼 말입니다."

"아······."

"어차피 저들이 원하는 건 기삿거리니까요. 한정훈 선수가 김선영 씨를 차에 태웠다면 태운 대로 기삿거리가 될 것이고, 경찰에 신고하면 신고하는 대로 기삿거리가 될 겁니다."

베이스 볼 61에 오기 전에 3년간 연예인 매니저 생활을 했던 김상엽은 기자들의 생리를 누구보다 잘 알고 있었다.

그리고 그들을 상대하는 법도 잘 알고 있었다.

"굳이 경찰을 통해 배후를 밝힐 생각은 없습니다. 김선영 씨 주장대로라면 일단은 그분이 피해자인 게 사실이니까요. 저희는 저희가 할 수 있는 최선을 다할 생각입니다. 나머지는 보험 회사 측에서 판단해 주시기 바랍니다."

단호한 김상엽의 태도에 고영준이 나직이 한숨을 내쉬었다.

경찰을 통해 간단하게 마무리될 만한 일이 불필요하게 커지는 듯한 느낌이 들었다.

하지만 김상엽도 한정훈과 관련된 일에 대해서는 조금도

양보할 수가 없었다.

"그냥 대충 넘어가면 앞으로도 비슷한 일들이 수도 없이 벌어질 겁니다. 그러니 번거로우시더라도 양해 바랍니다."

김상엽이 정중하게 고개를 숙였다. 그 모습이 어찌나 단호하던지 고영준도 더는 말을 붙이지 못했다.

4

김선영의 검사 결과는 예상대로였다.

"깨끗하네요."

세 명의 전문의가 검사 결과를 살폈지만 아무 문제가 없었다. 삔 것 같다던 발목도 멀쩡했다.

주차장을 빠져나올 때 속력이 20㎞/h 수준이었기 때문에 정신적인 충격을 주장하기도 어려웠다.

반면 한정훈은 목 근육이 살짝 놀랐다는 진단 결과가 나왔다. 급제동을 하는 과정에서 미세하게 충격을 받았다는 것이다.

"부상 정도는 경미하지만 사고에 의한 부상인 만큼 보험을 청구하도록 하겠습니다."

김상엽은 한정훈의 신체 보험을 든 보험 회사에 전화를 걸어 사고 사실을 알렸다.

그러자 보험 회사에서 즉각적으로 사고 전담팀을 보내 사태 수습에 나섰다.

"정말 모르고 그랬어요. 정말이에요."

보험 회사의 조사가 시작되자 김선영은 눈물을 쏟아냈다. 조사관의 질문에 몰랐다는 말만 되풀이했다.

나중에는 어찌나 서럽게 울어대는지 독하게 마음먹었던 조사관조차 당황해할 정도였다.

"그러지 말고 좋게 합의를 보시는 게 어떻겠습니까?"

김선영의 처지를 딱하게 여긴 조사관이 슬며시 중재를 시도했다.

한정훈이 눈 한 번 감아준다면 모두가 편해질 수 있었다.

그러나 제주도에서 곧장 돌아온 박찬영 대표의 반응은 김상엽 이상으로 단호했다.

"제가 한정훈 선수 에이전트입니다. 그러니 잠깐이라도 한정훈 선수와 개별적으로 연락하는 건 자제해 주십시오."

박찬영 대표는 김선영의 배후 따위에는 관심조차 두지 않았다.

그저 한정훈이 미세하게나마 부상을 당했다는 사실 자체에 강한 분노를 드러냈다.

계속되는 중재 시도가 먹혀들지 않자 보험 회사 측에서도 김선영을 더는 봐줄 수가 없었다.

"절차대로 진행하겠습니다."

"절차대로…… 라니요?"

"일단 보험 사기가 의심되는 만큼 형사 고소 진행하겠습니다. 아울러 별도로 민사 소송도 준비하겠습니다."

"자, 잠깐만요! 말할게요! 전부 말할게요!"

결국 김선영은 모든 걸 자백했다.

한정훈에게 접근한 목적이 무엇이고 누구에게 사주를 받았는지 하나도 숨김없이 전부 털어놓았다.

보험 회사 측은 김선영의 진술을 참고로 관할서에 조사를 요청했다.

"알 만한 분들이 뭘 이런 걸 가지고 오고 그럽니까?"

사건을 접수받은 관할서 측은 시큰둥한 반응이었다.

유명인과 연루된 형사 사건은 합의로 처리되는 경우가 대부분이었다.

다툼의 목적이 돈이다 보니 형사 조사 자체가 형식적인 경우가 많았다.

하지만 최일식을 비롯한 기자들이 사건을 터뜨리자 관할서도 어느 정도 적극성을 보일 수밖에 없게 됐다.

"이 아가씨 얼마 전까지 룸살롱에 있었던 아가씨인데?"

"통장 거래 내역 보니까 조안이라는 곳에서 3천만 원이 입금됐는데요?"

"조안은 또 어디야?"

"아…… 조안 엔터테인먼트인 거 같습니다."

김선영의 배후는 김상엽의 예상보다 훨씬 복잡했다.

삼류 연예 기획사인 조안 엔터테인먼트에서 룸살롱에서 일하는 김선영을 캐스팅했다는 점까지는 쉽게 확인이 됐다.

문제는 조안 엔터테인먼트와 한정훈 사이에 접점이 없다는 점이다.

"조안 엔터테인먼트 뒤에 누가 있는지 알아봐!"

관할서는 곧바로 조안 엔터테인먼트의 뒷조사에 들어갔다.

그리고 오래지 않아 조안 엔터테인먼트의 이사 중에 김대수라는 이름이 포함되어 있다는 사실을 확인했다.

"아무래도 이번 일의 배후에 김대수가 있는 것 같은데요?"

"김대수는 또 누구야?"

"일전에 조작 방송 때문에 방송계에서 퇴출된 예능 PD입니다."

"아, 그 한정훈 선수 나왔던 방송? 그럼 또 말이 되지."

관할서는 곧장 김대수를 불러들였다.

이름 하나 올리고 편하게 월급을 받아먹던 김대수는 처음에 억울하다고 펄쩍 뛰었다.

하지만 그것도 잠시. 자신의 뒤를 봐주던 누군가에게 연락을 받고는 모든 게 자신이 지시한 일이라고 실토했다.

결국 이번 사건은 한정훈에게 앙심을 품은 김대수의 자작극 쪽으로 마무리됐다.

박찬영 대표도 기자 회견을 통해 진실이 밝혀진 만큼 한정훈에 대한 그 어떤 오해도 없길 바란다는 뜻을 전했다.

김상엽과 박찬영 대표의 단호한 대처 덕분에 여론은 한정훈에게 우호적이었다.

가끔 정체 모를 인터넷 신문사에서 한정훈과 김선영 사이를 치정으로 몰고 가려 했지만 대중은 쉽게 말려들지 않았다.

ㄴ이 새끼들은 밥 먹고 할 짓이 이렇게 없나?

ㄴ진짜 말이 되는 소리를 해라. 이제 겨우 민중 나온 한정훈하고 룸녀하고 사귄다고? 한정훈이 대가리에 총 맞았냐?

ㄴ한정훈 좋다는 연예인들이 수두룩할 텐데?

ㄴ차라리 그 여자가 한정훈 뒷바라지했다고 드립치지 그러냐.

ㄴㅋㅋ 오늘도 댓글 잘 보고 갑니다.

물론 일부 야구팬들은 한정훈이 고가의 외제차를 탄다는 사실을 지적하기도 했다.

나이에 맞지 않게 벌써부터 사치를 부린다는 것이다.

하지만 한정훈 정도라면 912 정도는 문제될 게 없다는 게 일반적인 반응이었다.

그보다는 한정훈의 카덕후 기질에 더 관심이 쏠렸다.

ㄴ들었냐? 한정훈이 그 여자 차에 안 태운 이유?

└그야 여자가 별로니까.

└정답! 더블에이 설아라면 모를까. 나 같아도 안 태운다.

└틀렸어, 븅신들아. 사실은 차에 냄새 밸까 봐 안 태운 거래.

└그건 또 뭔 헛소리냐?

└헛소리가 아니라. 새 차에 여자 향수 냄새 나는 거 싫어하는 사람들 있거든. 한정훈도 그쪽이라는 거지.

└올~ 한정훈이. 남잔데?

└맞아. 남자라면 모름지기 자동차 아니겠어?

짓궂은 야구팬들은 섹시한 여자 모델을 주로 쓰던 자동차 전문 매거진 '더 카'에 한정훈을 모델로 채용하라고 요구했다.

실제로 더 카에서는 한정훈을 표지 모델로 쓰기 위해 베이스 볼 61과 접촉을 시도했다.

하지만 한일 양국의 메이저리거들이 출전하는 프리미어 매치가 코앞인 상황에서 한정훈이 따로 시간을 뺄 여력은 없었다.

"지금 한정훈 선수의 스케줄 조정이 어려운 상황입니다. 나중에 다시 한 번 연락주시면 최대한 촬영하는 쪽으로 노력해 보도록 하겠습니다."

박찬영 대표는 능숙하게 광고 요청을 거절했다. 시기도 시기지만 잡지사 측에서 요청한 한정훈의 출연료도 마음에 들지 않았다.

그러나 자동차 업계의 관심만큼은 분명 반가운 일이었다.

"이러다 한정훈 선수 자동차 광고도 들어오는 거 아니에요?"

"크흐, 한정훈 선수가 타고 있는 P사에서 광고 찍자고 하면 딱일 텐데. 그건 좀 어렵겠죠?"

"어렵긴 뭐가 어려워요? 한정훈 선수인데. 국내 리그에서 뛰는 동안은 무리겠지만 메이저리그에서도 이만큼만 해주면 어디 P사뿐이겠어요?"

직원들은 저마다 흥분을 감추지 못했다.

이번 교통사고 건으로 한정훈에 대한 이미지가 나빠지면 어쩌나 걱정했는데 반대로 대중의 호감도만 높아지고 있었다.

하지만 박찬영 대표는 이 결과를 우연이라고 여기지 않았다. 베이스볼 61에서 후속 조치를 잘한 덕분이라고 자찬하지도 않았다.

"이게 다 한정훈 선수가 열심히 노력한 결과입니다."

한정훈이라는 브랜드 자체가 좋은 탓이었다.

한정훈이 한국 야구 역사에 한 획을 긋지 못했다면 아마 대중들도 이 정도로 한정훈을 지지하지 않았을 것이다.

"이제 한정훈 선수도 본격적으로 몸을 만들어야 하니까 당분간은 불필요한 요청들 전부 차단하세요. 쓸데없는 기삿거리 나가지 않도록 각별히 신경 쓰고요."

박찬영 대표는 홍보팀 직원들에게 한정훈 특별 관리를 주문했다.

올해 한정훈이 보여준 어마어마한 실력에 매료되어버린 직원들도 마치 제 일처럼 흔쾌히 고개를 끄덕거렸다.

덕분에 아무 걱정 없이 훈련에 매진한 한정훈은 제1회 한일 프리미어 매치에 참가하기 위해 오키나와로 향했다.

친선 경기임에도 대회는 5일간이나 이어졌다.

첫날은 개막식과 함께 선수들의 인터뷰와 사인 행사가 열렸다.

이후 사흘간 세 경기를 치른 뒤 마지막 날 시상식과 함께 대회가 마무리되었다.

대회 규모가 커진 만큼 유료 관중들을 받아야 하는 상황이었다.

그러나 실제 경기가 펼쳐지는 세 경기는 물론이고 첫날 개막식까지 모든 티켓은 일찌감치 동이 나 있었다.

한국 팀의 초청 선수로 대회에 참가하게 된 한정훈은 일찌감치 야구장으로 향했다.

그곳에는 한정훈과 함께 초청된 박기완과 이승민이 와 있었다.

"정훈이 왔냐?"

"오랜만이다. 잘 지냈지?"

경기 수가 당초 1경기에서 3경기로 늘어나면서 초청 선수 인원도 많아졌다.

특히나 마지막 날 경기에 한정훈이 선발 등판하는 걸 감안해 주최 측에서는 지난 한 해 동안 호흡을 맞춘 포수 박기완을 초대했다.

"짜식, 네 덕분에 이런 대회도 참석해 보고. 고맙다."

박기완이 한정훈을 덥석 끌어안았다.

누군가 사진이라도 찍는다면 괜한 오해를 받을 상황이었지만 한정훈은 멋쩍게 웃어 보였다.

어지간해서는 감정 표현을 자제하는 박기완이 들떠 있는데 분위기를 깨고 싶지는 않았다.

"정훈아, 메이저 가서 기다리고 있어. 형도 금방 갈 테니까."

박기완과는 달리 예비 메이저리그 자격으로 초대된 이승민이 목에 힘을 주었다.

물론 올 시즌보다 더 나은 활약을 꾸준히 펼쳐 줘야 한다는 전제 조건이 따랐지만 동년배 투수 중 유일하게 초대를 받았다는 사실만으로도 상당한 자부심을 느끼는 모양이었다.

"진짜 기다려도 되는 거죠?"

한정훈이 짓궂게 물었다.

그러자 이승민이 냉큼 한정훈에게 달려들어 헤드록을 걸려고 들었다.

"야, 인마. 형을 응원해 주지는 못할망정 놀려?"

"형! 형! 저 목 다쳤잖아요."

"어디서 엄살이야? 너 다 나은 거 내가 모를 줄 알아?"

"아, 진짜!"

이승민을 피해 한정훈이 박기완 뒤로 숨었다. 하지만 박기완은 이들의 장난에 장단을 맞춰줄 기분이 아니었다.

"짜식들, 내 앞에서 꼭 메이저 이야기 해야겠냐?"

박기완이 살짝 서운하다는 투로 말했다.

한정훈과 이승민은 메이저리그를 노리는데 자신만 국내에 남아 있을 생각을 하니 소외감이 든 것이다.

그러자 한정훈이 괜히 엄살을 부린다며 박기완의 등판을 때렸다.

"형도 놀지 말고 빨리 쫓아와요. 평생 내 공 받는다면서요? 아니면 전담 포수 따로 구해요?"

국내 리그 출신 야수, 그것도 포수가 메이저리그 무대에 선다는 건 쉬운 일이 아니었다.

포지션 변경을 한다면 또 모르겠지만 박기완이 포수 마스크를 끝내 고집한다면 그 확률은 더욱 줄어들 수밖에 없었다.

하지만 한정훈은 지난 한 해 급성장한 박기완이라면 그 불가능한 벽을 깰 수 있을지도 모른다고 여겼다.

과거 기억 속 박기완은 특유의 고집스러운 리드를 가지고도 국내 리그 최고의 포수로 이름을 날렸다.

포수로서 유일한 단점이라는 독선적인 성격이 과거보다 상당히 누그러진 만큼 이번에는 그 결과가 달라질지도 모를 일이었다.

"짜식, 말만이라도 고맙다."

한정훈의 진심 어린 말이 위로가 된 듯 박기완이 다시 한 번 한정훈을 끌어안았다.

한정훈이 벗어나려고 발버둥을 쳤지만 박기완은 절대 놔주지 않겠다며 양 팔에 잔뜩 힘을 주었다.

그 모습을 지켜보던 사진 기자들은 웃으며 카메라를 들었다.

그리고 얼마 지나지 않아 한정훈과 박기완은 사이좋게 실시간 검색어에 이름을 올릴 수 있었다.

5

제법 지루했던 개회식이 끝나고 사인 행사가 이어졌다.

행사가 길어질 것을 우려해 주최 측에서는 한일 양국의 인기 선수 15명씩 30명으로 대상을 한정지었다.

비인기 선수까지 사인회에 참여시킬 경우 상대적인 박탈감을 느낄 수도 있는 만큼 사전에 배려를 하겠다는 것이었다.

"그럼 난 빠져도 되겠네."

인원 제한이라는 말에 한정훈이 히죽 웃었다.

그렇지 않아도 사인 한 장 그리는 데 1분여가 걸리는데 가능하면 행사에서 빠지고 싶었다.

하지만 애석하게도 주최 측에서 1순위로 꼽은 게 바로 한정훈이었다.

"정훈아, 형이랑 내기 할래?"

"무슨 내기요?"

"누가 더 사인 적게 하나."

"에이, 형. 제가 어떻게 형을 이겨요."

"짜식, 겸손이 지나치다?"

한정훈의 옆자리에 배정된 김현우가 씩 웃었다.

데뷔 시즌부터 한국 리그를 씹어 먹고 메이저리그를 정조준하고 있는 대단한 후배가 사근사근하게 구는데 그걸 싫어할 선배는 아무도 없었다.

그렇다고 자신이 제안한 내기에서 질 생각은 없었다.

"형은 딱 50장 가져 왔다. 솔직히 절반은 남을 거 같지만. 종이 부족하면 말해라. 그리고 한국 가면 근사하게 밥 한 끼 사고."

김현우가 일찌감치 자신의 승리를 확정지었다.

김현우는 국내 리그에 있을 때도 실력에 비해 그렇게까지 대단한 인기를 끌지 못했다.

홈그라운드도 아니고 낯선 일본에서 얼마나 많은 팬이 자신을 알아줄지조차 의문이었다.

하지만 그런 김현우의 걱정은 기우에 불과했다.

"김 상? 패, 팬입니다."

적잖은 일본 팬들이 김현우 앞에 서서 사인을 받아갔다.

덕분에 김현우가 자존심상 들고 왔던 50장의 종이가 금세 바닥나 버렸다.

'이거, 이러다 내가 밥 사는 거 아냐?'

행사 요원이 새 종이를 가지러 간 사이 김현우가 슬쩍 옆을 바라봤다.

그러고는 멍한 얼굴이 되었다.

예술 작품 같은 사인에 빠져 정신이 없는 한정훈.

그런 한정훈의 사인을 받기 위해 끝없이 이어진 팬들.

'너 국적이 어디냐?'

김현우는 턱까지 치밀었던 물음을 애써 되삼켰다. 그리고 씁쓸한 얼굴로 자신의 승리를 받아들였다.

그날, 2시간의 행사 시간 동안 한정훈은 총 100명에게 사인을 해주는 데 성공했다.

그리고 사인을 받지 못해 울상이 된 900여 명의 팬에게는 개별적으로 사인을 보내주겠다고 약속했다.

"아이고, 죽겠네."

파김치가 되어 숙소로 돌아온 한정훈은 간략한 사인의 필요성을 다시 한 번 절감해야 했다.

"이럴 게 아니라 지금부터라도 만들어 보자."

한정훈은 틈나는 대로 사인의 간소화 작업을 시작했다.

하지만 사인을 만드는 것만큼이나 사인을 고치는 것 또한 쉽지 않았다.

불필요한 내용들을 없애고 이름만 강조를 하는 데도 수백여 번을 휘갈겨야 했다.

그사이 이틀이라는 시간이 훌쩍 지났다. 그리고 3차전의 아침이 밝았다.

"정훈아, 요즘 사인 고치느라 정신이 없다며? 공은 던질 수 있는 거냐?"

식당에서 만난 서재훈이 장난스럽게 웃으며 물었다.

"에이, 사인 좀 했다고 공도 못 던지면 그게 투수예요?"

한정훈이 피식 웃었다.

쓸데없이 멋 부린 걸 과감하게 뜯어고친 덕분에 사인을 한다고 손목에 무리가 가는 일은 일어나지 않았다.

"참, 오늘 선발 쇼타라더라."

서재훈이 한정훈의 앞자리에 앉으며 말했다.

그러자 한정훈이 살짝 미간을 찌푸렸다.

이런 이벤트성 대회에서 한일 양국의 슈퍼 루키를 맞대결시키려는 주최 측의 속셈이 훤히 보였기 때문이다.

"쇼타 신경 쓰지 말고 살살 던져. 어차피 3이닝만 던지면 되잖아. 안 그래?"

서재훈이 한정훈을 달랬다.

선발투수라 해서 한정훈이 부담을 가질 필요는 없었다.

이벤트성 대회인 만큼 3이닝 정도면 충분히 제 몫을 다한 셈이었다.

"진짜 3이닝만 채우고 내려오면 되는 거죠?"

한정훈이 서재훈을 바라봤다.

"그래. 딱 아홉 타자만 상대하면 되겠네, 뭐."

서재훈의 표정이 다시 짓궂어졌다.

3이닝을 9타자로 상대하라는 건 전부 삼자범퇴로 돌려세우라는 의미였다.

"그게 말처럼 쉽나요."

한정훈이 입술을 삐죽거렸다.

한정훈이 오늘 상대해야 하는 선수들은 일본에서도 메이저리그 진출이 유력하다고 평가받는 젊은 타자들이었다.

특히나 클린업에 포진된 야마다 데쓰토, 스즈코 요시토모, 야니기타 유이는 주의해야 했다.

나란히 포스팅을 신청한 세 선수는 하나같이 메이저리그에서도 20개 이상의 홈런을 때려낼 수 있다는 평가를 받고 있는 강타자들이었다.

그러나 서재훈은 한정훈이 엄살을 부린다고 여겼다.

"짜식, 그렇게 할 거면서."

그리고 한정훈은 서재훈의 주문대로 3이닝을 9타자로 깔끔하게 돌려세우고 마운드에서 내려갔다.

투구 수는 총 39개.

탈삼진은 6개를 솎아냈다.

특히나 야마다 데쓰토, 스즈코 요시토모, 야니기타 유이를 연속 삼진으로 돌려세운 게 백미였다.

오프 시즌임에도 155㎞/h를 넘나드는 한정훈의 패스트볼 앞에 세 타자는 연거푸 헛스윙만 해댔다.

이 정도 투구면 양국 신인왕끼리의 대결은 뻔한 것이나 마찬가지였다.

그러나 최종 결과는 무승부였다.

쇼타 역시 3이닝을 9타자로 마무리 지었기 때문이다.

탈삼진은 한정훈과 똑같은 6개.

한국 측 초청 타자들의 실력이 일본보다 다소 떨어지는 건 사실이었지만 그 누구도 쇼타의 투구를 깎아내리지 못했다.

'쇼타도 성장했구나.'

한정훈도 세계 청소년 야구 선수권 대회 때와는 비교할 수 없을 만큼 강해진 쇼타를 보고 적잖은 충격을 받았다.

팀의 사정 때문이라고는 하지만 시즌 중반부터 에이스 노릇을 했다는 게 납득이 될 정도였다.

무엇보다 한정훈의 시선을 잡아끄는 건 쇼타가 새로 장착한 구종이었다.

포크 볼.

일본의 투수라면 누구나 다 던질 것 같은 마구에 가까운 공이었다.

비록 낙폭은 다른 포크 볼러들처럼 크지 않았지만 대신 예리하게 잘 떨어졌다.

막 방망이를 내밀려 하면 뚝 하고 떨어지니 타자들도 속수무책으로 당할 수밖에 없었다.

투구 폼도 주 무기인 포심 패스트볼을 던질 때와 구분이 거의 없었다.

마지막 순간에 조금 더 공을 채는 듯한 느낌은 있지만 그걸 구분해 가며 방망이를 휘두를 만큼 쇼타의 포크 볼은 느리지 않았다.

'던지고 싶다.'

한정훈은 갑자기 포크 볼에 욕심이 났다.

그러자 자연스럽게 몸이 움직였다. 스냅 볼을 쥐고 있던 그립이 포심에서 포크 볼로 바뀐 것이다.

그 모습을 힐끔 바라 본 서재훈이 한정훈의 옆구리를 쿡 하고 찔렀다.

"짜샤, 원래 남의 떡이 더 커 보이는 법이야. 지금도 충분해."

서재훈이 보기에 한정훈의 구종은 나무랄 데가 없었다.

한창 컨디션 좋을 때는 160㎞/h 밑으로 떨어지지 않는 포심 패스트볼은 박찬오조차 혀를 내두를 만큼 좋았다.

거기에 좌타자 몸 쪽을 파고드는 커터와 우타자 바깥쪽으로 휘어져 들어가는 포심까지 수준급으로 구사했다.

세컨드 피치였던 체인지업과 가끔씩 요긴하게 써먹는 너클 커브를 던지지 않더라도 패스트볼만으로 어지간한 타자들은 가볍게 요리할 수 있었다.

오죽했으면 한정훈이 변화구를 던지면 반칙이라는 말이 나돌 정도였다.

그런데 여기서 또다시 신구종이라니. 이건 확실히 욕심 같았다.

"그냥 보는 거예요."

한정훈도 일단은 마음을 다잡았다.

서재훈의 말처럼 구종이 많다고 해서 좋은 투수가 되는 건 아니었다. 하지만 종으로 떨어지는 패스트볼을 익혀서 나쁠 건 없었다.

특히나 쇼타의 포크 볼처럼 마지막 순간에 뚝 하고 가라앉는 공이라면 메이저리그에서도 확실히 도움이 될 것 같았다.

'경기 끝나면 한번 물어봐야겠다.'

한정훈은 더그아웃에 앉아 경기가 끝나기만을 기다렸다.

경기는 일본의 승리로 끝이 났다.

한정훈 이후에 마운드에 오른 투수들이 이닝마다 꼬박꼬박 실점을 한 탓이었다.

최종 스코어는 6 대 2.

앞선 1, 2차전에서 승리한 한국이 제1회 한일 프리미어 매치의 우승을 차지했다.

경기가 끝난 직후 양 팀 선수들은 기념 촬영을 위해 다시 그라운드에 올라왔다.

한정훈은 그 틈을 놓치지 않고 쇼타 쪽으로 몸을 움직였다.

"쇼타."

한정훈의 목소리를 들은 쇼타도 선배들 틈에서 빠져나와 한정훈 옆에 붙어 섰다.

그러고는 친근하게 한정훈의 어깨에 팔을 올리며 말했다.

"가르쳐 줘."

"……뭘?"

"커터."

"진심?"

"물론."

곧바로 사진 촬영이 시작된 탓에 더 이상의 대화는 이루어지지 않았다.

하지만 한정훈은 쇼타의 제안이 싫지 않았다.

오히려 고마웠다.

그렇지 않아도 어떻게 말을 꺼내야 하나 고민했는데 커터를 가르쳐 주면서 자연스럽게 포크 볼에 대해 물어볼 수 있을 것 같았다.

"식사 끝나면 실내 연습장으로 와."

"좋아. 그때 보자고."

한정훈과 쇼타는 약속이나 한 것처럼 순식간에 식사를 해치웠다.

그리고 실내 연습장에 모여 서로의 궁금증을 풀었다.

"그러니까 넌 마지막 순간에 손목을 비틀지 않는다는 거지?"

"맞아. 난 손목을 과도하게 쓰면 밸런스가 흐트러져서."

"흠, 그래? 그럼 변화가 없지 않을까?"

"아까 내가 던진 커터 안 봤냐?"

"그건 네가 던진 커터고. 내가 던진 공은 아니잖아."

"하긴, 같은 요령이라 해도 던지는 사람마다 공이 달라지니까."

한정훈은 커터 던지는 법을 숨김없이 가르쳐 주었다.

쇼타 정도 되는 투수가 커터 그립을 몰라서 배움을 자처하지는 않았을 터. 자신이 커터를 던지며 겪은 시행착오들까지 솔직하게 고백했다.

하지만 쇼타는 한정훈에게 포크 볼의 정보를 알려주는 걸 껄끄러워했다.

한정훈이 포크 볼까지 익혀서 저만치 앞서 가게 될까 봐 겁이 난 것이다.

"그런데 넌 뭐가 부족해서 포크 볼까지 던지겠다는 거야?"

"너랑 같은 이유지."

"허……! 욕심도 많군."

"난 대신 너처럼 삼색변화구 그런 거 안 던지잖아."

"차라리 그걸 익혀라. 그럼 가르쳐 줄게."

"야, 치사하게 진짜 이럴 거냐?"

그렇게 한참 동안 옥신각신한 끝에 쇼타도 마지못해 제 밑천을 털어놓기 시작했다.

"내가 던지는 건 포크 볼보다는 스플리터에 가까워."

"스플리터? 그것보다는 낙폭이 있어 보이던데?"

"당연하지. 이걸 만드는 데 얼마나 고생했는데."

쇼타가 슬쩍 턱을 추켜들었다. 그 모습이 살짝 짜증 났지만 한정훈은 애써 웃으며 쇼타의 비법을 빼내는 데 집중했다.

"고생한 보람이 있네. 확실히 좋은 공이었어."

"아쉽군. 네 녀석이 날 대놓고 인정하는 모습을 모모코가 봐야 하는데."

"어쨌든, 그래서 뭘 어떻게 던지는 거야? 자세히 좀 말해 봐."

"쳇."

실은 티를 팍팍 내면서도 쇼타는 자신이 던지는 스플리터의 비결을 비교적 자세히 알려주었다.

하지만 그것만으로는 쇼타의 포크 볼을 따라 던진다는 게 쉽지 않았다.

무엇보다 접근 방법에 차이가 있었다.

작년 신구종으로 커터와 투심 패스트볼을 선택했을 때 후보 명단 속에는 싱커와 스플리터도 포함되어 있었다.

당연히 서재훈이 일러준 스플리터를 여러 번 던져 봤다.

하지만 결과는 실패였다.

패스트볼의 구속을 유지하면서 낙폭을 준다는 게 쉽지 않은 탓이었다.

하지만 쇼타는 반대로 접근했다. 먼저 포크 볼을 배웠고 그 구속을 끌어올리려 노력했다.

그 과정에서 낙폭에 대한 욕심도 조금씩 비워냈다. 그 결과가 바로 오늘 보여준 쇼타표 포크 볼이었다.

"너 체인지업 잘 던지잖아? 차라리 빠른 체인지업을 던지려고 노력해 보는 게 어때?"

고심하는 한정훈을 바라보며 쇼타가 말했다.

뜬금없는 소리일지도 모르겠지만 스플리터를 던지기 위해 포크 볼을 익히느니 차라리 익숙한 체인지업을 개량하는 편이 나을 것 같았다.

"흠……."

한정훈이 길게 신음했다.

솔직히 체인지업을 개량하는 걸 생각해 보지 않았던 것은 아니었다.

하지만 그것도 말처럼 쉬운 게 아니었다.

"어쨌든 난 다 이야기해 줬으니까 잘 해봐. 그리고 나중에라도 궁금한 게 있으면 연락하고."

용건을 마친 쇼타가 한정훈을 뒤로한 채 몸을 돌렸다.

말은 하지 않았지만 한정훈이 일러준 노하우대로 커터를

던져 보고 싶은 마음에 손가락이 근질근질한 상태였다.

"그래. 너도 궁금한 게 있으면 언제든 연락해라."

한정훈도 예의상 말을 되돌려 주었다.

설마하니 쇼타가 틈만 나면 메시지를 보낼 것이라고는 생각지도 못한 채 말이다.

-정훈! 나한테 거짓말한 거 아니야?

-그건 또 무슨 소리야?

-손목을 안 쓰니까 변화가 전혀 없잖아!

-그건 내 비결이라며?

-어쨌든! 어서 빨리 제대로 된 방법을 알려주라고.

-하아, 잠깐만 기다려 봐.

시도 때도 없이 징징거리는 쇼타에게 질려 버린 한정훈이 서재훈에게 도움을 청했다.

"짜식, 그런 건 형한테 진즉 말했어야지."

서재훈은 자신만만한 얼굴로 채팅창에 합류했다. 하지만 얼마 가지 못하고 얼굴이 벌게져 버렸다.

"이 자식, 이거 뭐야? 왜 이렇게 불만이 많아? 뭘 가르쳐 주면 진득하게 던져 봐야지. 고작 열 개 던지고 아니다 싶으면 포기하고. 이거 투수 맞아?"

서재훈의 조언에도 불구하고 쇼타의 의구심은 쉽게 줄어

들지 않았다.

그것은 스플리터 장착을 고심하는 한정훈도 마찬가지였다.

쇼타에게 뭔가를 물어봐도 발상의 차이 때문에 의미 있는 답을 얻기가 어려운 것이다.

-이럴 게 아니라 차라리 같이 훈련하자.

답답함을 참지 못하고 쇼타가 합동 훈련을 제안했다.

라인으로 대화를 주고받을 게 아니라 직접 만나서 고민을 해결해 보자는 것이었다.

그러면서 쇼타는 자신에게 포크 볼을 가르쳐 준 스승을 소개시켜 주겠다고 한정훈을 꼬드겼다.

만약 다른 투수 같았다면 한정훈도 정중하게 사양을 했을 것이다. 커터를 익히고 싶어 하는 쇼타만큼이나 스플리터에 대한 갈망이 컸지만 그렇다고 계획에도 없는 합동 훈련을 결정하기는 어려웠다.

하지만 쇼타의 입에서 생각지도 못했던 이름이 나온 순간, 한정훈은 갈등하지 않을 수 없었다.

구로다 히로.

올 초에 은퇴한, 일본의 레전드급 투수였다.

"구로다라고? 허. 쇼타, 이거 웃기는 놈이네. 구로다가 커터를 얼마나 잘 던지는데 나한테 난리야?"

이야기를 전해 들은 서재훈이 이맛살을 찌푸렸다.

구로다 히로는 서재훈도 인정할 만큼 대단한 투수였다.

그런 투수가 옆에 있는데 바람피우는 거 아니냐는 오해를 살 만큼 메시지를 보내대니 괜히 짜증이 났다.

하지만 그것도 잠시.

"학교 다닐 때 전교 1등 했다고 좋은 선생이 되는 건 아니잖아요."

한정훈의 한마디에 서재훈이 언제 그랬냐는 듯 웃어 보였다.

"하긴, 그렇지! 그런데…… 그 말, 내가 구로다보다 메이저 경력이 별로라고 비꼬는 건 아니지?"

"또, 또 그런다. 형은 제 롤모델이라니까요?"

"짜식! 나중에 구로다 앞에 가서 딴소리하면 안 된다. 알았지?"

"형, 아직 합동 훈련 결정한 거 아닌데요."

"뭘 그렇게 복잡하게 생각해? 어차피 올해도 전지훈련 오키나와로 간다며? 그럼 뭐 겸사겸사 같이 훈련할 수도 있는 거지. 안 그래?"

"그래도……."

"괜찮아, 인마. 몰래 숨겨놓은 애인 만나러 가는 것도 아니고 더 강해지겠다는데 누가 뭐라고 하겠냐?"

서재훈이 걱정할 것 하나 없다고 말했다.

정 불편하면 자신이 직접 나서서 이야기를 꺼내보겠다고 한정훈을 안심시켰다.

"뭐, 형이 그렇게까지 말씀하신다면야……."

한정훈의 마음도 어느새 합동 훈련 쪽으로 기울었다.

쇼타가 스승님이라 부르는 구로다 히로. 그에게서 한정훈 표 스플리터에 대한 답을 찾게 되길 바라며.

39장
합동 훈련

1

스톰즈 구단에서는 흔쾌히 개인 훈련을 허락했다.

한정훈이 더 강해지기 위해 개인 훈련을 하겠다는데 마다할 이유가 전혀 없었다.

"로이스터 감독이 한정훈 선수의 체력 관리는 신경 쓰지 않는다고 말했습니다."

박현수 단장이 웃으며 로이스터 단장의 말을 전했다.

이제 데뷔 2년 차인 선수를 온전히 믿는다는 게 이상할지 모르겠지만 작년 한 해 한정훈이 보여준 자기 관리는 경이로운 수준이었다.

좋은 컨디션을 유지하기 위해 술, 담배는 일절 하지 않은 채 식사량과 운동량, 심지어 수면 시간까지 조절하는 모습은 입단 10년 차 베테랑이라 해도 과언이 아닐 정도였다.

게다가 베이스 볼 61에서 만약을 대비해 코치급 트레이너를 고용하겠다고까지 했다.

개인 훈련 시 발생할 수 있는 수비 훈련 부족이나 부상에 철저하게 대비하겠다는 것이다.

대신 베이스 볼 61에서도 한정훈의 공을 받아줄 만한 포수 1명을 요구했다.

그렇게 차출된 게 바로 이만호였다.

스톰즈 구단에서는 일찌감치 박기완의 뒤를 받쳐 줄 만한 포수를 원했다.

백업 포수로 최일석과 이재신이 있었지만 그들만으로는 박기완의 부재를 대비하기 어려웠다.

물론 작년 한 해 두 번째 포수 최일석은 기대 이상의 활약을 펼쳐 주었다.

박기완만큼 단단한 느낌은 없었지만 노련하게 투수들을 이끌어준다는 평가가 많았다.

문제는 체력.

한 경기라면 모르겠지만 연속해서 7이닝 이상을 소화하기란 거의 불가능했다.

게다가 한정훈과의 궁합도 썩 좋지 못했다.

한정훈이 만들어내는 무브먼트를 100퍼센트 받쳐 주지 못했다.

박기완의 뒤를 받쳐 줄 거라 기대했던 이재신은 성장이 더뎠다. 무엇보다 수비 능력이 좋지 않았다.

최일석에게 백업 포수 자리를 빼앗긴 이후로는 수비보다 타격 훈련에 집중하는 모양새였다.

수비로는 이길 수 없으니 타격으로 최일석의 자리를 빼앗겠다는 계산을 세운 것이다.

경쟁이 불가피한 1군에서 누군가의 자리를 빼앗는다는 건 쉬운 일이 아니었다. 하지만 그 방법은 비교적 간단했다.

내 장점을 더 살리거나. 혹은 타인의 약점을 두드러지게 만들거나.

글러브보다 방망이를 쥔 이재신의 선택은 잘못됐다고 말하기 어려웠다.

다만 그 결과가 신통치 않은 것뿐이었다. 게다가 이재신은 한정훈과 상극이었다.

첫 연습 경기 때 트라우마라도 생긴 것인지 한정훈이 마운드에 섰다 하면 자신만의 포구를 가져가지 못했다.

이런 상황에서 스톰즈가 노릴 만한 포수는 한 명뿐이었다.

이만호.

한정훈과 일찌감치 호흡을 맞추었던 수비형 포수.

박기완을 대신해 한정훈의 등판 경기에서 풀타임으로 뛰

어줄 수 있는 대체 자원.

당연하게도 베이스 볼 61에서 불펜 포수를 요구했을 때 스톰즈가 보내줄 수 있는 건 이만호밖에 없었다.

이만호도 구단 측의 제안을 흔쾌히 받아들였다.

다른 포수들과 주전 경쟁을 통해 1군에 남는 것보다 한정훈의 전담 포수로 1군에 잔류하는 쪽이 더 가능성이 높다고 판단한 것이다.

"만호라면 저도 좋죠."

한정훈도 고개를 끄덕거렸다.

베이스 볼 61의 불펜 전담 포수인 이상범까지 염두에 둔 상황에서 1년여간 호흡을 맞춘 이만호라면 더 바랄 게 없었다.

그런데 한정훈과 쇼타의 합동 훈련 소식을 전해 들은 후조 TV 측에서 뜻밖의 제안을 했다.

가족과 동행할 수 없느냐는 것이었다.

"지난번 방송 이후 한정훈 선수의 가족에 대해 궁금해하는 팬이 많았습니다. 그래서 이번 기회에 자연스럽게 보여주는 게 어떨까 해서요."

이미 지난 DVD를 통해 한정훈과 쇼타의 아마추어 시절 활약상은 충분히 전했다.

그렇다고 루키 시즌을 DVD 내내 우려먹기도 부담스러운 일.

그래서 새로운 콘텐츠로 가족을 꺼내 든 것이다.

쇼타 측에서는 여동생을 출연시키기로 이미 결정이 난 상태라고 했다.

자영업을 하느라 바쁜 부모를 대신해 방학을 맞은 모모코가 당첨이 된 것이다.

그렇다 보니 한정훈도 같은 이유로 정아에게 출연을 권했다.

"정말? 정말이지? 나 진짜 일본 데려가는 거야?"

정아는 뛸 듯이 기뻐했다.

그렇지 않아도 겨울 방학을 앞두고 야심차게 해외여행 계획을 세웠던 그녀에게 일본 일정은 꿈만 같았다.

"정말 괜찮겠어? 정아가 몸만 컸지 할 줄 아는 건 아무것도 없는데."

어머니는 우려를 감추지 못했다.

한정훈을 주인공으로 한 다큐멘터리 방송에서 정아가 실수라도 하면 어쩌나 걱정한 것이다.

그러자 정아가 당당하게 말했다.

"나 요리 잘하거든? 두고 봐. 내가 오빠 세 끼 밥 다 챙겨 줄 테니까."

하지만 애석하게도 정아가 부족한 솜씨나마 발휘할 수 있는 기회는 없어 보였다.

베이스 볼 61에서 아예 한정훈의 전담 요리사를 붙여준 덕분이었다.

"대표님께서 한정훈 선수가 훈련에만 열중할 수 있도록 모든 지원을 아끼지 말라고 하셨습니다."

한정훈을 동행하게 된 담당 매니저 김상엽이 웃으며 말했다.

"다행이네요. 일본에서 탈이 나면 어쩌나 걱정했는데."

한정훈이 씩 웃었다.

그러자 옆자리에 앉은 정아가 한정훈의 허벅지를 힘껏 꼬집었다.

2

일본에 도착한 한정훈 일행을 맞이한 건 놀랍게도 쇼타 남매였다.

"착각하지 마. 오고 싶어서 온 거 아니니까."

거의 끌려오다시피 한 쇼타가 툴툴거렸다. 하지만 그것도 잠시.

"쇼타 씨죠? 저는 한정아라고 합니다. 한정훈 선수의 여동생입니다."

정아가 서툰 일본어로 자신을 소개하자 쇼타는 언제 그랬냐는 것처럼 환한 미소를 지어 보였다.

"저 녀석 위험한 놈이니까 어울릴 생각 하지 마."

한정훈이 정아에게 단단히 주의를 주었다.

그러면서 정작 본인은 예쁜 원피스 차림의 모모코에게 웃으며 손을 흔들었다.

2년 만에 만난 모모코는 부쩍 성숙해져 있었다. 키도 커지고 팔다리도 길어졌다. 무엇보다 젖살이 쏙 빠진 얼굴은 상당히 예뻤다.

"쟤가 모모코야?"

"응, 쇼타 동생."

"쳇, 쟤는 뭐가 저렇게 커?"

모모코를 위아래로 훑던 정아가 불만스럽게 중얼거렸다.

"키는 네가 더 큰데 뭔 소리야?"

한정훈이 슬쩍 핀잔을 줬다. 그러자 정아가 새치름한 눈으로 한정훈의 팔뚝을 힘껏 비틀었다.

"아, 진짜. 아프다고!"

"어머, 왜 이래? 남들이 들으면 내가 엄청 세게 꼬집은 줄 알겠다."

"여기 빨간 거 안 보여?"

"어디? 난 안 보이는데?"

"이게!"

틈만 나면 투닥거리는 한정훈 남매를 바라보며 김상엽이 고개를 흔들어 댔다.

그러다 사이좋게 팔짱을 끼고 있는 쇼타 남매를 바라보고는 부럽다는 표정을 지었다.

하지만 정작 쇼타 남매도 보이는 것처럼 살가운 사이는 아니었다.

"더워. 좀 떨어지면 안 돼?"

"조금만 참아요. 첫인상이 중요하다고요."

"아, 진짜. 평소에 안 하던 행동을 하는 이유가 뭔데?"

"자꾸 이렇게 비협조적으로 나오면 정훈 님과 정훈 님 동생분에게 오빠가 어떤 종류의 피규어를 모으는지 전부 말해 버리는……."

"모, 모모코! 그런 건 반칙이잖아."

"그러니까 군소리 말아요."

"하아……."

쇼타가 땅이 꺼져라 한숨을 내쉬었다.

그런 쇼타의 옆구리를 검지로 힘껏 찌른 뒤 모모코가 아무렇지도 않게 천진한 미소를 머금었다.

3

"오빠, 아무리 그래도 첫날부터 막 훈련하고 그러는 건 아니지? 그치?"

정아는 한정훈이 자신과 함께 오키나와 관광을 즐기길 바랐다.

설마하니 동생과 함께 온 첫날부터 훈련을 시작하지는 않을 것이라 여겼다.

하지만 한정훈은 당연한 소리를 한다며 글러브를 챙겨 들었다.

"심심하면 상엽이 형하고 놀던가."

"뭐? 그 아저씨하고?"

"아저씨라니, 인마. 아직 서른도 안 됐는데."

"나보다 열 살이나 많은데 아저씨지 그럼 삼촌이야?"

정아가 입을 댓 발 내밀었다.

아무리 야구에 미쳐 있어도 그렇지 동생보다 야구가 먼저일 줄은 미처 몰랐다는 반응이었다.

그러나 한정훈도 어쩔 수 없었다.

1차 전지훈련 대신 쇼타와 합동 훈련을 선택했는데 첫날부터 여유를 부리는 건 무리였다.

"그럼 나 모모코하고 놀래."

"모모코? 말도 안 통할 텐데?"

"뭐래? 나 일본어 좀 하거든?"

"아 그러세요?"

"암튼 오빠가 말 좀 전해 줘."

정아의 성화에 한정훈이 마지못해 핸드폰을 집어 들었다.

그 순간.

지이잉.

핸드폰이 울리며 쇼타의 이름이 떠올랐다.

"무슨 일이야?"

−오늘부터 바로 훈련할 거지?

"그야 당연하지."

−그렇다면, 정훈. 네 동생 좀 빌려줘라.

"뭐, 인마?"

−모모코하고 놀아줄 상대가 필요해.

"짜식."

살짝 눈매를 굳혔던 한정훈이 이내 피식 웃어 보였다.

바로 옆방에 머무르고 있는 쇼타 남매의 사정도 자신들과 별반 다르지 않은 모양이었다.

"정아가 일본어를 잘 못하는데 괜찮을까?"

−모모코가 한국어를 열심히 배우고 있으니까 어느 정도 대화는 가능할거야.

"그래? 그렇다면야 뭐. 조금 있다가 로비에서 만나자."

−오케이.

로비에서 만난 한정훈과 쇼타는 김상엽에게 여동생을 인계하려 했다.

아무리 그래도 아직 미성년자인 두 사람을 멋대로 돌아다니게 할 수는 없는 노릇이었다.

그러나 김상엽의 합류를 정아와 모모코가 단호하게 거부했다.

"우리끼리 다녀도 충분해."

"걱정하지 마세요. 근처 커피숍에서 대화만 나눌 거예요."

금세 꿍짝이 맞은 정아와 모모코가 까르르 웃으며 호텔 밖으로 사라졌다.

그 모습을 불안한 눈으로 지켜보던 김상엽이 걱정스러운 얼굴로 말했다.

"저기 한정훈 선수, 아무래도 제가 따라가는 편이……."

하지만 애석하게도 한정훈과 쇼타는 다른 것에 정신이 팔려 있었다.

"너 그 글러브 어디 거야?"

"이거? 괜찮지? 사키 사에서 신인왕이 됐다고 특별히 만들어준 거야."

"줘 봐. 나 한 번만 껴보자."

"넌 오른손잡이잖아!"

"껴보기만 할 게. 누가 뺐는데?"

"싫어!"

글러브에 빠져 여동생들이 사라진 줄도 모르는 한정훈과 쇼타를 바라보며 김상엽이 땅이 꺼져라 한숨을 내쉬었다.

한정훈이 아니라 정아와 모모코를 케어 하느라 쉴 새 없이 바빠질 것 같은 불길한 예감이 가슴을 무겁게 짓눌렀다.

4

한정훈과 쇼타는 호텔 근처 실내 연습장으로 향했다.

일본의 적잖은 프로 구단들이 들락거리는 호텔답게 실내 연습장의 수준도 상당했다.

"와우."

실내 연습장을 둘러보던 한정훈이 나직이 감탄을 터뜨렸다.

그러나 한정훈이 오기 며칠 전부터 이곳에서 몸을 풀었던 쇼타는 별다른 감흥조차 없었다.

그보다는 한정훈에게 자신의 커터를 보여주고 싶은 마음에 들떠 있었다.

"일단 내 공부터 좀 봐 줘."

"야, 몸부터 풀어야지."

"몸은 아까 출발하기 전에 다 풀었어."

쇼타는 미리 와서 기다리고 있는 불펜 포수를 바라봤다.

그러자 불펜 포수가 주먹으로 힘껏 미트를 때린 뒤 포구 자세를 잡았다.

"후우……."

긴장 어린 표정으로 숨을 고르던 쇼타가 이내 빠르게 공을 던졌다.

후아앗!

쇼타의 손끝을 빠져나간 공이 홈 플레이트 가장자리를 스쳐 지나갔다.

그리고 포수의 미트 속을 날카롭게 파고들었다.

퍼어엉!

실내 연습장이라 그런지 포구 소리가 더욱 요란스럽게 울렸다.

"나이스 볼!"

불펜 포수가 감탄 어린 목소리로 힘껏 소리쳤다. 하지만 정작 공을 던진 쇼타의 표정은 밝지 못했다.

"어때?"

쇼타가 한정훈을 바라보며 감상을 물었다.

"좋은데?"

한정훈이 솔직하게 대답했다.

커터를 익힌 기간을 감안했을 때 지금 쇼타가 던진 공은 수준급이었다.

이대로 조금만 더 가다듬는다면 실전에 써 먹어도 무방할 정도였다.

하지만 쇼타는 고개를 저었다.

"이 정도로는 안 돼. 일본 타자들은 까다로우니까."

쇼타가 재차 공을 던져 보였다.

공마다 꺾이는 각은 훌륭했다. 구속도 벌써 140㎞/h 후반은 될 것 같았다.

그러나 쇼타의 표정은 투구가 거듭될수록 어두워져만 갔다.

"이게 문제야."

총 10개의 공을 던진 뒤 쇼타가 신경질적으로 글러브를 벗었다. 그리고 하소연하듯 한정훈을 바라봤다.

"너무 조급해하는 거 아니야?"

한정훈이 살짝 미간을 찌푸렸다.

한정훈표 포크 볼은 아직 그립조차 정해지지 않았는데 쇼타는 그보다 훨씬 다듬어진 공을 가지고도 불만을 늘어놓으니 꼭 놀림을 받는 기분이었다.

하지만 쇼타는 진지했다.

"하아…… 한정훈. 나는 너하고 다르다고. 이런 식으로 가다간 내년 시즌을 장담하기 어려워."

올 시즌 쇼타는 퍼시픽리그 신인왕을 차지할 만큼 호투했다. 26경기에 출전해 14승을 올렸고 178개의 탈삼진을 기록했다.

평균 자책점은 2.66.

센트럴리그를 포함해 쇼타보다 나은 성적을 거두었다고 평가받는 투수는 네 명뿐이었다.

이 정도면 데뷔 시즌치고는 훌륭했다.

한정훈만큼 압도적인 기록은 아니지만 양국 리그의 차이를 감안했을 때 수준급 피칭이었다.

한국의 일본 야구 전문가들은 쇼타가 국내 리그에서 뛰었다면 최소 18승을 올렸을 것이라고 분석했다. 올 시즌 18승

이상을 거둔 선수가 한정훈과 데릭 쉴즈, 두 명뿐인 걸 감안했을 때 상당한 호평을 받은 셈이었다.

그러나 쇼타는 벌써부터 내년 시즌을 걱정하고 있었다.

이번 시즌보다 나은 성적을 거두어야 한다는 압박감 같은 게 아니었다.

당황스럽게도 쇼타는 작년보다 올해 성적이 떨어질 것이라는 불안감에 시달리고 있었다.

"시즌 막판에 좀 얻어맞은 것 때문에 그래?"

한정훈은 어렵지 않게 그 이유를 알아챘다.

시즌 중반까지만 하더라도 쇼타는 다승과 평균 자책점 부분에서 리그 1위를 달리고 있었다.

특히나 1점대 후반의 평균 자책점은 쇼타의 자랑이었다.

메이저리그급 투수들의 전유물처럼 여겨진 1점대 평균 자책점을 신인이 달성하는 것만으로도 쇼타의 가치는 폭등할 수밖에 없었다.

하지만 시즌 막판 8경기에서 침체를 겪으며 쇼타의 성적은 다소 평범하게(?) 변해 버렸다.

쇼타가 자랑하던 삼색 마구가 타자들의 노림수에 걸려들었기 때문이다.

쇼타는 그 이유를 단순히 구종의 다양성이 부족했기 때문이라고 판단했다.

그러나 종종 쇼타의 투구를 살펴본 한정훈의 생각은 달랐다.

한정훈이 생각하는 쇼타의 최고 무기는 160㎞/h에 달하는 포심 패스트볼이었다.

와인드업 포지션에서 힘차게 내던지는 쇼타의 포심 패스트볼은 신인 시절 오타니 쇼헤의 포심 패스트볼보다 낮다는 평가를 받고 있었다.

그러나 정작 쇼타는 패스트볼을 승부구로 쓰지 않았다.

그보다는 삼색 마구라 불리는 슬라이더, 체인지업, 커브를 최대한 활용해 타자들의 방망이를 이끌어 내는 투구를 선호했다.

쇼타가 패스트볼보다 선호할 만큼 그의 삼색 마구는 훌륭했다. 최고 구속이 148㎞/h에 달한다는 슬라이더는 전가의 보도였다.

홈 플레이트 직전에서 공이 꺾이면 타자들은 헛스윙을 하기 바빴다.

체인지업과 커브도 무브먼트가 좋았다.

노리고 쳐도 정타를 만들기가 쉽지 않았다.

여기에 메이저리그로 떠난 오타니 쇼헤 이후 가장 빠르다는 포심 패스트볼까지 던져 대니 이 정도면 거의 난공불락이었다.

그럼에도 쇼타가 시즌 후반에 부진한 건 체력적인 이유가 더 컸다.

정확하게는 패스트볼의 구위 저하.

생애 첫 풀타임을 소화하다 보니 구속과 구위가 시즌 초만 못한 것이다.

패스트볼의 위력이 약해지면서 타자들이 받는 위압감도 줄어들었다.

타자들이 패스트볼을 만만하게 보자 쇼타는 삼색 마구의 비중을 높였다.

그리고 그 패턴에 익숙해진 타자들이 결국 쇼타의 삼색 마구를 공략해 내기 시작했다.

쇼타가 내년 시즌에 보다 좋은 모습을 보이려면 일단 한 시즌을 풀로 소화시킬 만한 체력부터 갖춰야 했다.

한정훈도 세계 청소년 야구 선수권 대회 이후로 김미영과 강도 높은 체력 관리를 한 덕분에 한 시즌을 겨우겨우 마칠 수 있었다.

신구종도 좋지만 체력이 뒷받침되지 않는다면 그것은 임시방편에 지나지 않았다.

"쇼타, 나 지금부터 땀 좀 뺄 건데 너도 같이 뛰자."

"뭐?"

"자고로 런닝 싫어하는 투수치고 롱런하는 투수 없다고 그랬다. 잔말 말고 따라와."

한정훈은 쇼타를 억지로 마운드에서 끌어 내렸다.

그리고 스파이크 끈을 고쳐 맨 뒤에 보란 듯이 러닝을 시작했다.

"쓸데없이 왜 힘을 빼려는 거야?"

쇼타가 불만스러운 얼굴로 한정훈을 따라 달렸다.

싫은 기색이 역력했지만 그래도 스무 바퀴 때까지는 뒤처지지 않고 곧잘 따라왔다.

하지만 서른 바퀴가 지나고 마흔 바퀴째에 접어들자 쇼타의 숨소리가 거칠어지기 시작했다.

"어, 언제까지 뛸 거야?"

결국 한계에 다다른 쇼타가 제자리에 서서 악을 써댔다.

고작 연습 투구 몇 개 하는 것뿐인데 실내 훈련장을 마흔 바퀴나 달리는 건 솔직히 체력 낭비였다.

그러나 한정훈은 들은 체도 하지 않고 러닝을 이어갔다.

그렇게 100바퀴를 꼬박 채울 때까지 한정훈의 페이스는 조금도 흐트러지지 않았다.

"후우……."

가볍게 땀을 뺀 한정훈이 상기된 얼굴로 쇼타에게 다가왔다. 그러자 쇼타가 살짝 질린 얼굴로 물었다.

"너 육상 선수 출신이었냐?"

"아닌데?"

"그런데 왜 그렇게 뛰는 거야? 몸을 푸는 것도 좋지만 지나치잖아."

체력에서 밀린 게 억울했던지 쇼타가 불만스럽게 투덜거렸다. 하지만 한정훈의 반응은 무덤덤했다.

"난 평소에도 이 정도는 뛰니까 괜찮아."

야구장도 아니고 좁은 실내 운동장을 100바퀴 뛴다고 해서 체력적으로 지치는 일은 없었다.

러닝을 마친 한정훈은 꼼꼼하게 스트레칭을 시작했다.

쇼타가 매의 눈으로 한정훈의 동작을 살폈지만 굳이 신경 쓰지 않았다.

자신의 운동법을 보고 따라하는 건 전혀 상관없었다. 중요한 건 그 습관을 얼마만큼 유지하느냐는 것이다.

"후우, 이제 공 좀 던져 보실까?"

워밍업을 끝마친 한정훈이 천천히 마운드로 올라왔다. 그러자 쇼타가 살짝 미간을 찌푸렸다.

'이 상태로 공을 던진다고? 공을 쥘 수나 있을까?'

쇼타의 부탁을 받고 포수석에 앉은 불펜 포수도 비슷한 생각이었다.

쇼타보다 한 수 위라는 평가를 받는 한정훈이지만 지금 상황에서 쇼타보다 나은 공을 던질 것 같지 않았다.

그러나 한정훈이 기합 소리와 함께 내던진 공은 불펜 포수는 물론이고 쇼타까지 깜짝 놀라게 만들었다.

퍼어엉!

눈 깜짝할 사이에 사라진 공이 굉음과 함께 포수의 미트 속에서 발견됐다.

그와 동시에 방심했던 불펜 포수가 그대로 엉덩방아를 찧고 말았다.

"나, 나이스 볼!"

다급히 몸을 일으킨 포수가 한정훈에게 공을 돌려주었다.

그러고는 정신 바짝 차리고 미트를 들어 올렸다.

퍼엉!

퍼엉!

퍼엉!

한정훈은 쇼타처럼 10개의 공을 던졌다.

첫 3구는 포심 패스트볼.

다음 3구는 커터.

그다음 3구는 투심 패스트볼.

마지막 공은 미완성된 포크 볼.

포구를 할 때마다 불펜 포수는 나이스 볼을 연발했다. 그것도 거의 진심에 가까운 반응이었다.

투수의 기를 살려주기 위한 독려는 조금도 느껴지지 않았다.

물론 마지막에 받은 밋밋한 포크 볼은 느낌이 달랐다.

일본 정상급 투수들이 던지는 포크 볼처럼 뚝 떨어지는 맛은 없었다.

스플리터라 보기에는 무브먼트가 별로였다.

하지만 앞선 투구들 때문인지 그런 포크 볼마저 위력적으로 느껴졌다.

만약 자신이 타석에 들어섰다면?

백 퍼센트 방망이를 휘둘렀을 것 같았다.

"하아⋯⋯. 진짜 감이 안 오네."

투구를 마친 한정훈이 무겁게 한숨을 내쉬었다.

거의 모양새를 잡아가는 쇼타의 커터에 비해 자신의 포크 볼은 여전히 답이 없어 보였다.

그러나 한정훈을 향한 쇼타의 두 눈에 얽힌 감정은 비웃음보다는 질투에 가까웠다.

부끄럽게도 100바퀴를 뛰고 마운드에 오른 한정훈의 공은 자신이 던진 공보다 나았다.

구속, 구위, 무브먼트, 그리고 자신감까지.

한정훈에게 조금 더 좋은 모습을 보여주기 위해 체력을 아꼈던 게 부끄러워질 정도였다.

"어떻게 하면 너처럼 던질 수 있는 거지?"

쇼타가 한참 만에 입을 열었다.

본래라면 한정훈의 포크 볼에 대해 평을 해줘야겠지만 지금은 도저히 그럴 기분이 아니었다.

"입에서 단내가 날 때까지 뛰어."

한정훈이 담담하게 대답했다.

장난스럽게 말하면 쇼타가 농담처럼 들을까 봐 일부러 목소리까지 굳혔다.

"그렇게 하면 너처럼 던질 수 있는 건가?"

쇼타가 다시 물었다.

세계 청소년 야구 선수권 대회 이후로 투수 인생의 목표가 되어버린 한정훈을 따라잡기 위해서라면 무엇이든 할 생각이었다.

그러자 한정훈이 피식 웃었다.

"일단 한 계단 올라와 봐."

쇼타가 성장한 만큼 한정훈도 성장할 생각이었다.

쇼타의 욕심처럼 지금의 간격을 따라잡힐 마음은 눈곱만큼도 없었다.

5

서재훈은 이만호와 함께 다음 날 일본에 도착했다.

그런 서재훈을 공항까지 가서 마중한 쇼타는 곧바로 연습을 봐 달라고 재촉했다.

"야, 하루만 쉬자고 그래."

서재훈이 한정훈에게 도움을 청했다. 그러나 정작 한정훈은 서재훈을 도울 수가 없었다.

그랬다간 쇼타와 함께 온 구로다 히로를 괴롭힐 명분이 사라지기 때문이었다.

"작년 활약은 잘 지켜봤습니다, 한정훈 선수. 메이저리그에 가서 아시아 투수의 자존심을 세워주길 바랍니다."

구로다 히로의 첫인상은 푸근한 이웃집 아저씨였다.

작년 말 은퇴한 이후 몸무게가 10㎏이나 늘었다며 볼록해진 배를 툭툭 두드리기도 했다.

하지만 마운드 위에 선 구로다 히로는 영락없는 레전드 투수였다.

후아앗!

구로다 히로의 손끝을 떠난 공이 홈 플레이트 앞에서 급격하게 추락했다.

"헛!"

포수 마루야마 신고가 다급히 블로킹 자세를 취했다.

그러자 홈 플레이트 끝을 때린 공이 아슬아슬하게 포수의 미트 속에 박혀들었다.

"나이스 볼! 구로다 선배님! 이번 기회에 현역 복귀하시는 게 어떻습니까?"

공을 되돌려 주며 마루야마가 환하게 웃었다.

"아직도 마음만은 현역이라고."

구로다 히로가 따라 웃었다.

일본 야구 만화에나 나올 법한 닭살스러운 멘트였지만 누구도 그의 말을 비웃지 못했다.

그만큼 구로다 히로가 보여준 포크 볼은 일품이었다.

전성기 때만큼은 아니더라도 지금 당장 프로에 복귀해도 문제될 게 없을 것 같았다.

한정훈은 자신도 모르게 구로다 히로의 투구에 빠져들었다. 그리고 그가 시범 투구를 모두 마쳤을 때 진심 어린 박수를 건넸다.

"아시아 최고의 투수가 될 한정훈 선수에게 인정을 받으니 기분이 좋습니다."

구로다 히로가 부끄럽다며 손사래를 쳤다.

하지만 그것도 잠시.

"이제 한정훈 선수의 공을 볼까요?"

한정훈이 마운드에 오르자 푸근했던 인상이 다시 날카롭게 변했다.

"후우……."

긴장감을 떨쳐 내듯 한정훈은 길게 숨을 내쉬었다.

그리고 구로다 히로가 보여주었던 포크 볼의 궤적을 머릿속에 떠올렸다.

'내가 구로다 선수처럼 던질 수 있을까?'

잠시 포수 미트를 똑바로 노려보던 한정훈이 이내 빠르게 투구를 시작했다.

후아앗!

한정훈의 손끝을 빠져나간 공이 쏜살같이 허공을 갈랐다.

그와 동시에 구로다 히로의 입에서 탄성이 터져 나왔다.

한가운데로 날아들다가 마지막 순간에 살짝 가라앉은 공은 포크 볼과는 다소 거리가 멀었다.

스플리터라고 보기도 어려웠다.

하지만 그 자체만으로도 공은 위력적이었다.

어지간한 타자들은 그 공을 참지 못하고 방망이를 내밀 것 같았다.

한정훈은 연이어 공을 던졌다.

총 10구.

그중에 구로다 히로가 던졌던 포크 볼 같은 공은 없었다.

하나같이 초구와 비슷한 궤적으로 홈 플레이트를 스쳐 지나갔다.

"아직은 이 정도입니다."

투구를 마친 한정훈이 멋쩍은 표정을 지었다.

고작 이 정도 완성도로 구로다 히로에게 조언을 구한다는 게 민망해질 지경이었다.

그러나 구로다 히로의 판단은 달랐다.

"역시 한정훈 선수는 좋은 공을 던지는군요."

"……네?"

"아직은 미완성이지만 시간이 지나면 분명 한정훈 선수만의 새로운 무기가 만들어질 것 같습니다."

"……?"

한정훈은 구로다 히로의 칭찬이 달갑지가 않았다.

왠지 부정적인 속내를 둘러 말한 다테마에 같다는 생각이 든 것이다.

하지만 야구에 있어서는 철저한 구로다 히로가 한정훈에게 군이 과찬을 할 이유는 많지 않았다.

"조금 더 자세히 말씀해 주시겠습니까?"

한정훈이 정중하게 청했다. 그러자 살짝 턱을 긁적거리던 구로다 히로의 표정이 다소 진지하게 변했다.

"포크 볼이란 하루아침에 만들어지는 구종이 아닙니다. 아무리 손재주가 좋더라도 수많은 시행착오와 실전 경험 없이는 제대로 된 포크 볼을 던지기 어렵습니다."

한정훈은 대답 대신 고개를 끄덕였다.

국내에도 포크 볼을 던질 수 있다는 투수들은 많았다.

하지만 결정적인 순간에 포크 볼을 던져 타자를 제압할 수 있는 투수는 손에 꼽힐 정도였다.

그만큼 다루기 어려운 구종이 바로 포크 볼이었다.

그걸 고작 한 달여 만에 완성시킨다는 건 애당초 말이 되지 않았다.

"포크 볼에 대한 감각을 익혀도 실전에 제대로 써먹기까지는 2년 이상이 필요합니다. 게다가 포크 볼만 던져서는 타자들과 싸워 이기기 어렵습니다. 강력한 패스트볼이 뒷받침되어야 포크 볼도 빛날 수 있습니다. 그래서 한정훈 선수가 포크 볼을 던지겠다고 했을 때 솔직히 말리고 싶었습니다. 한정훈 선수는 군이 포크 볼이 없더라도 충분히 좋은 투수니까요."

구로다 히로가 쇼타를 따라 나온 이유를 솔직히 털어놓았다. 그는 한정훈이 포크 볼에 집착하다 망가지는 걸 원치 않았다.

실제로 적잖은 일본의 유망주들이 포크 볼에 빠져들었다가 제 기량을 꽃 피우지도 못하고 사라져 갔다.

물론 그들에 비할 바 아니겠지만 한정훈에게 포크 볼이 꼭 득이 될 거라는 생각은 들지 않았다.

"물론 내가 한국인인 한정훈 선수에게 포크 볼을 가르쳐 주기 싫어서 핑계를 댄다고 생각할지 모르겠습니다. 하지만 나는 정말로 한정훈 선수가 포크 볼을 던질 필요는 없다고 생각했습니다. 그리고 쇼타 녀석이 비밀로 해달라고 했지만, 저 녀석에게 포크 볼을 가르친 건 작년이 아닙니다. 내가 일본에 복귀했을 때 쇼타는 날 찾아와 포크 볼을 가르쳐 달라고 말했습니다. 그때 이후로 지금까지 꾸준하게 포크 볼을 연마해 왔습니다. 그리고 얼마 전에야 자신만의 포크 볼을 완성한 모양입니다."

구로다 히로는 쇼타의 포크 볼에 얽힌 비화도 알려주었다.

구로다 히로가 메이저리그의 유혹을 뿌리치고 일본으로 돌아온 게 2015년이었다.

그때 쇼타가 포크 볼을 배웠다면 완성까지 거의 4년이 걸렸다는 이야기다.

한정훈은 이번에도 고개를 끄덕거렸다.

구로다 히로의 말이 사실이라면 포크 볼의 비법을 알려 달라고 했을 때 쇼타가 보였던 반감도 충분히 이해가 갔다.

포크 볼을 익히기란 어렵다.

남은 두 달간 노력한다 하더라도 올 시즌에 수준급 포크 볼을 던지는 건 불가능한 일이다.

여기까지는 한정훈도 충분히 이해했다.

다만 구로다 히로가 건넨 칭찬에 대해서는 아직까지도 의문이 풀리지 않았다.

"지금처럼 공을 던지다 보면 언제고 저만의 포크 볼이 완성될 거라는 말씀인가요?"

한정훈이 구로다 히로를 바라보며 물었다. 그러자 구로다 히로가 가볍게 고개를 끄덕거렸다.

"모든 구종이 마찬가지겠지만 포크 볼을 던지는 데 정답은 없습니다. 단지 요령은 있겠죠. 하지만 그 요령보다 중요한 건 포크 볼에 잡아먹히지 말아야 한다는 겁니다. 포크 볼을 던지고 싶다는 욕심에 투구 폼을 바꾸고 밸런스를 무너뜨리는 건 바보 같은 짓이니까요."

구로다 히로는 한정훈이 포크 볼을 익히는 과정에서 밸런스가 무너지는 걸 경계했다.

하지만 두 눈으로 지켜본 한정훈의 피칭은 안정적이었다.

한정훈과 만나기 전까지 수없이 봐 왔던 피칭들과 크게 다르지 않았다.

"다행히도 한정훈 선수는 기존의 폼으로 포크 볼을 던지고 있습니다. 그래서 시간이 지나면 좋은 공을 던지게 될 거라고 확신한 것입니다."

한정훈의 포크 볼에 대한 평가를 마친 구로다 히로가 후련한 표정을 지었다.

자신의 말을 어떻게 받아들일지는 한정훈의 몫이었지만 적어도 이 자리에 나온 것만큼은 잘했다는 생각이 들었다.

"좋은 말씀 감사합니다."

한정훈도 가볍게 미소 지었다.

아직까지 머릿속이 복잡하긴 했지만 자신의 방식대로 포크 볼에 접근한 게 틀리지 않았다는 확신은 가지게 됐다.

"앞서 말했듯 내가 한정훈 선수에게 특별히 가르쳐 줄 만한 건 없을 것 같습니다. 대신 한정훈 선수가 궁금해하는 것들에 대해 최대한 알려드리도록 하겠습니다. 내가 알고 있는 것이라면 말이죠."

옆쪽을 힐끔 쳐다보던 구로다 히로가 한정훈에게 넌지시 제안했다.

조금 떨어진 마운드 위에서 서재훈과 쇼타가 옥신각신하며 커터를 만들어 가고 있었다.

그들을 놔두고 구로다 히로와 한정훈이 연습을 끝내 버릴 수는 없는 노릇이었다.

"그래 주신다면 감사한 일이죠."

한정훈도 씩 웃었다.

솔직히 말해 한정훈도 구로다 히로에게 직접 지도를 받을 수 있다는 기대는 하지 않았다.

구로다 히로의 피칭을 두 눈으로 직접 보고 느끼는 것만으로도 충분했다.

거기에 가능하다면 몇 가지 피칭 노하우를 전해 들을 수 있기를 바랐는데 구로다 히로가 먼저 말을 꺼내준 덕분에 입을 떼기가 수월해졌다.

이후 한 시간여 동안 한정훈과 구로다 히로는 번갈아 공을 던지며 이런 저런 이야기들을 나누었다.

주제는 단순히 포크 볼에 머무르지 않았다.

메이저리그 경험담, 은퇴 후 삶, 한 시즌을 버티는 노하우.

그중에서도 한정훈이 가장 관심을 보였던 것은 꾸준함의 비결이었다.

물론 특별할 건 없었다.

자기 관리의 생활화, 그리고 확실한 목표 의식, 마지막으로 정갈한 사생활.

어느 정도 예상된 범주 내의 답변이 대부분이었다.

그러면서 구로다 히로는 한정훈에게 메이저리그에 진출하기 전에 가정을 꾸리라고 조언했다.

"혼자 미국 생활을 견디는 건 쉬운 일이 아닙니다. 좋은 사람이 있다면 결혼해서 함께하는 것도 나쁘지 않을 겁니다."

"아, 네."

한정훈이 멋쩍게 웃었다.

결혼의 필요성이야 서재훈에게도 종종 들어왔지만 그렇다고 미국 생활을 편히 하기 위해 마음에도 없는 사람과 결혼하고 싶지는 않았다.

그렇다고 나이가 차서 마지못해 하는 결혼도 피하고 싶었다.

적당한 때에 좋은 사람을 만나 함께하는 것.

그것이 과거로 돌아온 한정훈이 생각하는 결혼관이었다.

'뭐…… 어떻게든 되겠지.'

한정훈은 이내 잡생각을 털어냈다.

결혼도 중요하지만 지금은 야구가 우선이었다.

6

한정훈과 쇼타의 합동 훈련은 한 달 가까이 이어졌다.

그 과정에서 정아와 모모코는 친자매처럼 친해져 버렸다.

야구밖에 모르는 오빠들을 가졌다는 공통점 하나만으로도 상당한 공감대가 형성되어버린 것이다.

그래서 합동 훈련이 끝날 무렵이 되자 정아는 한국으로 돌아가지 않겠다고 떼를 써댔다.

"응? 오빠, 방학 끝날 때까지만 있을게. 제바아알~"

정아는 부모님께 잘 말해 달라며 한정훈을 붙잡고 늘어

졌다.

하지만 한정훈도 더는 정아를 데리고 있을 수가 없었다.

"나 이제 캠프 합류해야 한다니까?"

한정훈은 매몰차게 정아를 귀국행 비행기에 태웠다.

그리고 곧바로 오키나와 캠프에 합류했다.

"여~ 정훈아."

"몸 좋네. 운동 열심히 했나 봐?"

스톰즈 선수들은 에이스의 복귀를 반겼다.

특히나 여러 팀의 구애를 뿌리치고 스톰즈에 합류한 최준은 타격 훈련도 중단한 채 한정훈에게 손을 내밀었다.

"정훈아, 올해는 코시 가자. 너만 믿는다."

"저는 선배님만 믿고 있는데요?"

"짜식, 넉살은. 아무튼 이제 천적이 사라져서 마음은 편하다."

최준이 껄껄 웃었다.

지난 시즌 최준은 한정훈에게 8타수 무안타로 약한 모습을 보였다.

와이번스가 한정훈을 상대로 재미를 보지 못한 가장 큰 이유로 최준의 고전을 들 정도였다.

하지만 이제 한솥밥을 먹게 된 이상 한정훈을 상대할 걱정은 없었다.

새롭게 합류한 용병 선수들도 한정훈에게 상당한 관심을

보였다.

특히나 최인섭을 연상시키는 덩치 좋은 백인 용병은 한정훈의 뒤를 졸졸 쫓아다녔다.

"네가 코리안 쇼크? 와우, 생각보다 키가 큰데?"

토니 월커슨을 대신해 합류한 용병의 이름은 작 피터슨.

다저스에서 슈퍼 루키로 활약하던 선수였다.

이름값만 놓고 보자면 작 피터슨은 루데스 마르티네즈보다 한 수 위로 평가받는 선수였다.

하지만 우승을 위해 다저스가 대대적인 선수 영입을 시작하면서 주전급으로 도약하려던 작 피터슨의 발목을 붙들었다.

결국 작 피터슨은 다저스를 대신해 새로운 행선지로 한국을 선택했다.

몸값은 170만 달러.

올 시즌 연봉이 인상된 루데스 마르티네즈(140만 달러)보다도 더 많은 액수였다.

하지만 루데스 마르티네즈는 조금도 불만스러워하지 않았다. 자신보다 작 피터슨이 한 수 위라는 사실을 인정한 것이다.

그리고 작 피터슨은 한정훈을 자신보다 나은 선수라고 여기고 있었다.

아직 한정훈의 공을 본 건 아니지만 풀타임 메이저리거였던 마크 레이토스가 스톰즈의 에이스는 한정훈이라고 못박아버린 탓이었다.

더 놀라운 건 테너 제이슨의 반응이었다.

"한정훈이 에이스냐고? 지금 내가 한정훈보다 못하다고 놀리는 거야?"

자존심만큼은 우주 제일이라 불리던 테너 제이슨마저 한정훈에게는 한 수 접어주는 느낌이었다.

그래서 작 피터슨은 어떻게든 한정훈을 직접 상대해 보고 싶었다.

2018년도 최고의 투수인 한정훈을 통해 한국 리그가 어느 정도 수준인지 제대로 느껴보고 싶었다.

한정훈도 도전적인 눈으로 자신을 바라보는 작 피터슨을 외면할 생각이 없었다.

"작 피터슨, 타석에 서서 한의 공을 한번 구경해 볼 생각 없나?"

마운드에 오르는 한정훈을 뜨거운 눈으로 바라보던 작 피터슨에게 로이스터 감독이 다가와 물었다.

작 피터슨의 대답은 당연히 예스.

진즉에 헬멧까지 착용한 그는 한정훈이 몸을 풀기가 무섭게 기다렸다는 듯이 타석으로 들어섰다.

'어디 마크 레이토스가 인정하는 실력 좀 볼까?'

작 피터슨의 얼굴에 한가득 웃음이 번졌다.

하지만 그 웃음이 사라지기까지는 그리 오랜 시간이 걸리지 않았다.

퍼엉!

퍼엉!

퍼엉!

순식간에 공 3개를 놓친 작 피터슨이 다급히 타임을 외쳤다.

그러고는 조금 더 가벼운 방망이를 들고 타석에 들어섰다.

하지만 방망이가 가벼워졌다고 해서 한정훈의 공이 만만해지는 건 결코 아니었다.

흥! 후웅! 후웅!

연달아 시원하게 선풍기질을 하고서야 작 피터슨은 한정훈이 달리 보였다.

그리고 한정훈과 같은 팀이라는 사실에 안도했다.

성적을 내야 하는 용병의 입장에서 한정훈같이 무지막지한 투수를 상대해야 하는 상황이 달가울 리 없었다.

반면 메이저리그 슈퍼 루키였던 작 피터슨을 가볍게 요리하는 한정훈을 바라보며 스톰즈 선수들은 하나같이 웃음을 감추지 못했다.

"올 시즌도 끝내주겠는데?"

"이러다 우리 우승하는 거 아냐?"

고된 훈련으로 가라앉았던 선수단의 분위기가 한정훈의 합류를 계기로 다시 뜨겁게 달아올랐다.

그렇게 스톰즈의 2019년 시즌 준비도 막바지로 치달았다.

40장
돌풍

1

3월 초부터 시작된 시범 경기에서 스톰즈는 10승 6패의 호성적을 거두었다.

시범 경기 순위는 자이언츠에 이어 서부 리그 2위.

12개 구단 전체로는 공동 3위였다.

시범 경기 성적이 절대적인 건 아니었지만 야구 전문가들은 스톰즈가 올 시즌에도 일을 낼 것이라는 데 입을 모았다.

"일단 전력의 반이라는 한정훈 선수가 있습니다."

"저 역시 같은 생각입니다. 2년 차 징크스도 있고 어느 정도 분석이 된 만큼 작년만큼 성적을 내기는 어려울 것 같지만 그래도 한정훈 선수라면 올 시즌에도 최소 20승은 가능하지 않을까 생각합니다."

작년에 스톰즈는 85승 69패로 서부 리그 3위를 기록했다. 그리고 한정훈은 그중 23승을 홀로 책임졌다.

27퍼센트.

승패 없이 물러난 경기 중 최종적으로 이긴 경기를 포함할 경우 점유율은 33퍼센트까지 높아진다.

스톰즈가 6선발 체제로 시즌을 치렀다는 걸 감안했을 때 한정훈 홀로 2명의 투수 몫을 담당한 셈이었다.

그것도 평범한 투수가 아니라 에이스급 투수 2명을 더한 것과 비슷한 성적을 냈다.

그렇다 보니 한정훈이 건재하는 한 스톰즈의 포스트시즌 진출은 무난하다 하는 평가가 줄을 이었다.

게다가 스톰즈에는 한정훈만 있는 게 아니었다.

"마크 레이토스는 작년보다 나은 성적을 보여줄 가능성이 높습니다."

"솔직히 작년에도 부진했다고 보기 어렵습니다. 한국행을 늦게 결정한 탓에 몸을 제대로 만들지 못했으니까요."

이적 문제로 뒤숭숭하던 작년과는 달리 마크 레이토스는 일찌감치 올 시즌을 위해 몸을 만들어 왔다.

덕분에 체력도 좋아지고 부상 부위도 상당히 호전됐다.

연말에 메이저리그로 복귀하겠다는 동기 부여까지 확실

한 만큼 한정훈의 뒤를 든든히 받쳐 줄 것이라는 전망이 많았다.

"테너 제이슨의 활약도 무시하기 어렵습니다. 작년만큼만 해줘도 스톰즈에게 큰 힘이 될 겁니다."

"강현승 선수도 기대됩니다. 동기인 한정훈 선수와 이승민 선수가 팀에서 확실히 자리를 잡은 상황에서 홀로 선발 경쟁을 치렀으니까요. 아마 단단히 독이 올랐을 것 같습니다."

우완 원투펀치인 한정훈과 마크 레이토스의 뒤를 이어 좌완 영건 테너 제이슨과 강현승도 예열을 끝마친 상태였다.

특히나 테너 제이슨은 시범 경기부터 의욕이 뜨거웠다.

미국의 한 스포츠 평론가로부터 한국에 가서도 한정훈에게 밀렸다는 비웃음을 듣고 단단히 자존심이 상한 탓이었다.

어쨌든 전문가들은 이들 네 명의 투수가 대략 60승 정도를 합작할 것이라고 내다봤다.

2선발로 예정된 마크 레이토스의 기대 승수는 12승~15승.

3선발 테너 제이슨의 기대 승수는 14승~18승.

4선발로 뛸 강현승의 기대 승수는 10승~12승.

그리고 스톰즈의 에이스, 한정훈의 기대 승수는 최소 20승.

여기에 5, 6선발의 승수와 평균적으로 불펜진에서 챙기는 승리까지 더한 스톰즈의 올 시즌 예상 성적은 88승.

작년에 비해 3승이 더해진 수치였다.

정말로 스톰즈가 88승을 거둔다면 서부 리그 우승도 노려

볼 만한 성적이었다.

하지만 다수의 전문가는 스톰즈가 서부 리그 정규 시즌 우승을 차지할 가능성을 낮게 봤다.

"관건은 타격입니다."

"최준 선수와 작 피터슨이 오긴 했지만 토니 윌커슨의 빈자리를 확실히 메워줄 것이라는 보장은 없으니까요."

로이스터 감독을 비롯한 스톰즈 코칭스태프의 판단과는 달리 전문가들은 작년 시즌 서부 리그 홈런왕 레이스에 참여했던 토니 윌커슨을 높이 평가하고 있었다.

타율은 낮지만 화끈한 장타력으로 빈약한 스톰즈 타선에 힘을 실어주었기 때문이다.

자연스럽게 전문가들은 토니 윌커슨의 빈자리가 크다고 여겼다.

스톰즈가 대체 자원으로 작 피터슨을 영입하긴 했지만 토니 윌커슨보다 많은 홈런을 때려내 줄 것이라고 기대하는 이들은 드물었다.

"그나마 긍정적인 건 최준 선수를 영입했다는 것과 타자들의 활용 폭이 넓어졌다는 정도겠죠."

스톰즈가 수많은 경쟁 구단을 제치고 국가 대표 3루수 최준의 영입에 성공했을 때 전문가들은 김주현의 자리가 애매해질 것이라고 예상했다.

작년 시즌 김주현의 주 포지션은 3루.

2루와 1루를 볼 수 있긴 하지만 그곳은 스톰즈 팬들의 기대와 사랑을 한 몸에 받는 예비 프랜차이즈 스타들의 자리였다.

은퇴를 바라보는 김주현을 위해 선수 육성을 포기한다는 건 쉽지 않은 일이었다.

그런데 토니 윌커슨을 대신해 작 피터슨이 새롭게 영입되면서 상황이 바뀌었다.

작 피터슨이 외야로 옮겨가면서 토니 윌커슨이 차지하고 있던 지명 타자 자리가 비게 된 것이다.

결과적으로 스톰즈는 루데스 마르티네즈-최준-작 피터슨-황철민-김주현으로 이어지는 제법 짜임새 있는 타순을 구축할 수 있게 됐다.

그리그 그 효과는 시범 경기 때부터 서서히 드러나고 있었다.

단순히 강타자들이 즐비하다고 해서 좋은 타순은 아니었지만 작년 시즌처럼 최악의 공격력을 선보일 가능성은 낮아 보였다.

다만 아쉬운 건 서부 리그 다른 구단들의 공격력도 만만치 않다는 점이었다.

타선 보강에도 불구하고 올 시즌 스톰즈의 예상 공격력은 서부 리그 최하위를 벗어나지 못하고 있었다.

리그 최강의 타선을 구축하고 있는 다이노스부터 시작해

전통적으로 타격이 강했던 라이온즈와 자이언츠, 히어로즈, 그리고 베어스까지.

서부 리그에서 스톰즈가 타격으로 우세를 점할 수 있는 팀은 없다시피 했다.

그렇다고 해서 스톰즈의 공격력이 절대적으로 약한 건 아니었다.

비교 군을 리그 전체로 놓는다면 스타즈, 위즈, 트윈스, 타이거즈까지 스톰즈와 비슷하거나 혹은 낮은 수준의 공격력을 가진 팀이 많았다.

단지 그런 팀들은 하나같이 서부 리그가 아닌 동부 리그에 몰려 있다는 게 애석할 따름이었다.

"그럼 올 시즌 MVP는 어떻게들 전망하십니까?"

포스트시즌 진출팀에 대한 이야기가 마무리되자 사회자가 화제를 전환했다.

동부 리그 MVP의 후보는 많았다.

와이번스의 김강현, 타이거즈의 윤성민과 양현중, 작년도 MVP 김태윤, 작년도 동부 리그 최고 투수인 데릭 쉴즈까지.

가능성은 얼마든지 열려 있었다.

반면 서부 리그 MVP에 대해서는 이견이 없었다.

"한정훈 선수겠죠."

"작년 시즌만큼 못하더라도 한정훈 선수가 탈 가능성이 높습니다."

"솔직히 이제는 테일즈 선수와 함께 거론한다는 게 한정훈 선수에게 미안한 일이죠."

"한정훈 선수가 3개월 이상 부상으로 쉰다면 또 모르겠네요. 하지만 개인적으로 그런 일은 일어나지 않길 바랍니다."

전문가들은 한목소리로 한정훈의 MVP 2연패를 단언했다.

시범 경기에 등판해 3경기를 전부 무실점으로 틀어막은 한정훈은 벌써부터 MVP 경쟁에서 독주할 준비를 끝마친 것처럼 보였다.

"올 시즌 한국 시리즈는 어떤 팀들이 올라올까요?"

사회자가 재차 화제를 바꿨다.

전문가들의 동부 리그 전망은 작년과 동일한 2강 2중 2약.

이글스와 와이번스가 1위 다툼을 하면서 트윈스와 타이거즈가 3위 자리를 놓고 다툴 가능성이 높다고 봤다.

하지만 3위가 누가 되든 한국 시리즈 진출팀은 이글스와 와이번스, 두 팀 중 한 팀일 것이라는 예상이 지배적이었다.

반면 서부 리그 예상은 정론이 없었다.

"다이노스가 가장 유리하긴 하겠지만 용병 영입에 돈을 푼 베어스도 무시하기 어렵습니다."

"가장 큰 변수는 역시나 스톰즈죠. 한정훈 선수가 챔피언십 시리즈에 2경기 등판할 수만 있다면 스톰즈가 다이노스나 베어스를 꺾고 한국 시리즈에 올라갈 가능성도 충분합니다."

"확실히 단기전은 방망이보다 투수력이 강한 팀이 더 유리하니까요."

다이노스와 베어스가 조금 더 유리한 고지를 점하고 있긴 하지만 스톰즈의 가능성을 배제하는 전문가들은 한 명도 없었다.

하나같이 한정훈의 활약 여부에 따라 가능성이 생긴다고 말했다.

결국 팀의 포스트시즌 진출도, 첫 한국 시리즈 진출도 에이스인 한정훈의 어깨에 달렸다는 것이다.

[야구 전문가들. 올 시즌 스톰즈의 활약 한정훈에게 달려 있다고 전망.]

[한정훈. 에이스로서 팀의 첫 한국 시리즈를 이끌어야 하는 책임감 막중.]

일부 언론은 전문가들의 말을 빌려 한정훈에게 한가득 부담을 안겨주었다.

한정훈이 정말로 데뷔 2년 차 고졸 투수였다면 어마어마한 부담감에 숨을 쉬기조차 어려웠을지 몰랐다.

그러나 미디어 데이에 등장한 한정훈의 표정은 덤덤했다.

"한정훈 선수, 모든 팀에서 한정훈 선수를 원하고 있는데 한정훈 선수의 기분은 어떻습니까?"

"아직 많이 부족한데 좋게 봐 주신 거 같아서 감사하게 생각하고 있습니다."

"혹시 올 시즌 목표를 알 수 있을까요?"

"딱히 세워놓은 목표는 없습니다. 단지 제가 등판하는 모든 경기에 선발투수로서 책임감을 가지고 싶습니다."

"그 책임감을 가지겠다는 게 어떤 의미인가요?"

"그건 경기를 통해 보여드리도록 하겠습니다."

"마치 개막전에서 완봉을 노리는 것 같은데요?"

"할 수만 있다면 그렇게 할 생각입니다."

한정훈의 당찬 인터뷰에 개막전 상대인 베어스의 김태영 감독이 불쾌함을 드러냈다.

2015시즌 팀을 우승으로 이끌고 올해까지 연장 계약한 그에게 한정훈과 스톰즈는 감독 자리를 위협하는 가장 큰 적이나 마찬가지였다.

"수단과 방법을 가리지 않고 한정훈 선수를 6회 이전에 강판시키겠습니다."

마이크를 건네받은 김태영 감독이 빠득 이를 갈았다.

김태영 감독과 함께 미디어 데이에 참석한 주전 포수 강의지도 한정훈에 대한 분석은 끝났다며 승리를 자신했다.

[김태영-강의지, 한정훈 꺾을 비책 있다 선언!]

[서울 베어스, 홈 개막전 연승 행진 이어가겠다고 밝혀!]

[한정훈 vs 루카스 지울리터, 우완 에이스 맞대결!]

미디어 데이가 끝나기가 무섭게 각 언론사에서는 스톰즈와 베어스의 개막전 맞대결에 대한 기사들을 쏟아냈다.

　해당 경기를 중계하는 방송사도 간판 해설진인 이용헌-권성우 콤비를 배정하며 기대감을 끌어올렸다.

　그리고 이틀 뒤.

　베어스의 홈구장인 서울 운동장에서 스톰즈와 베어스 간의 2019시즌 1차전 경기가 시작됐다.

　-작년 시즌 스톰즈와 베어스 간의 상대 전적은 7승 7패로 동률이었습니다. 특히나 한정훈 선수가 등판한 3경기에서 전승을 거두었는데요.

　-그렇습니다. 한정훈 선수는 3경기에서 2승을 챙기는 데 그쳤지만 노 디시전된 경기에서도 스톰즈가 승리를 차지했죠.

　-결국 한정훈 선수 등판은 곧 승리라는 공식이 성립되는 느낌인데요.

　-권성우 캐스터가 말한 것과 똑같은 내용의 응원 피켓을 경기장에서 본 것 같은데요. 아, 저기 있네요.

　이용헌 해설위원이 말을 내뱉기가 무섭게 중계 카메라가 3루 관중석 쪽에 걸린 피켓을 잡아냈다.

　머리 위에 정훈이라는 이름이 달린 머리띠를 한 예쁘장한 여자가 '한정훈 = 승리!'라고 쓰인 큼지막한 피켓을 신나게 흔들어 대고 있었다.

　-요즘 팬들은 참 똑똑하죠? 단순히 응원만 하는 게 아니라 선수 기록들도 훤히 꿰고 있습니다.

　-비슷한 피켓이 상당히 많네요. 하지만 오늘 경기만큼은 한정훈 선수도 안심하기는 어렵지 않을까 싶은데요.

　-네, 베어스에서 야심차게 준비했던 루카스 지울리터 선수의 첫 등판이죠?

　-모르시는 분들을 위해 루카스 지울리터 선수에 대해 소개해 주시죠?

　-루카스 지울리터 선수는 재작년 네셔널스에서 활약했던 메이저리그 선수입니다. 루키 시절부터 네셔널스의 에이스 감이라는 평가가 많았고요. 다만 작년 한 해 2년 차 징크스를 심하게 겪고 마이너리그로 내려갔다가 베어스 유니폼을 입게 됐습니다.

　-국내에 비슷한 수준의 용병 투수를 꼽는다면 누가 있을까요?

　-멀리서 찾을 것 없이 스톰즈에서 뛰는 테너 제이슨 선수가 있겠죠. 재능적인 측면에서는 테너 제이슨 선수가 한 수 위겠지만 경험은 루카스 지울리터 선수가 더 많을 테니까요.

　-그럼 테너 제이슨 선수 정도의 성적은 거둘 가능성이 높겠군요?

－베어스의 안정된 수비력과 강한 타력을 놓고 봤을 때 그 이상의 성적도 가능하다고 생각됩니다.

해설진의 극찬 속에 루카스 지울리터가 마운드에 올랐다.

2미터의 거구가 그라운드에서 가장 높은 마운드를 밟자 모두의 시선이 몰려들었다.

"후우……."

루카스 지울리터가 천천히 숨을 골랐다.

컨디션 문제로 시범 경기를 건너 뛴 탓에 오늘 경기가 첫 실전 경기나 다름없었다.

그런 루카스 지울리터의 눈에 체구가 작은 사내가 들어왔다.

스톰즈 1번 타자 공형빈.

우투좌타. 포지션은 유격수.

파워는 없지만 빠른 발과 컨택 능력을 갖춘 전형적인 리드 오프 스타일.

루카스 지울리터의 머릿속으로 공형빈에 대한 간략한 정보가 빠르게 떠올랐다 사라졌다.

잠시 뜸을 들이던 포수 강의지는 초구에 패스트볼 사인을 냈다.

메이저리그 시절 루카스 지울리터의 주 무기는 155㎞/h를 넘나드는 강력한 포심 패스트볼이었다.

아직 날씨가 쌀쌀하고 지난해 무너진 투구 밸런스가 다 회복되지 않은 상태였지만 3미터에 가까운 높이에서 내리 찍히는 포심 패스트볼은 여전히 위력적이라는 평가를 받았다.

루카스 지울리터도 가볍게 고개를 끄덕였다.

그리고 공형빈의 몸 쪽을 향해 있는 힘껏 공을 내던졌다.

퍼엉!

묵직한 포구 소리가 미트를 타고 울려 퍼졌다.

무심하게 쓱 하고 공을 훑어본 공형빈이 이내 헬멧을 매만졌다.

그러자 스톰즈 더그아웃의 분위기가 밝아졌다.

"형빈이 헬멧 만진 거 맞지?"

"네, 칠 만한 것 같은데요?"

"그럼, 칠 만해야지. 청백전 때 정훈이 공을 얼마나 많이 봤는데. 저 정도 공은 칠 만해야 해."

전광판에 151㎞/h라는 무시 못 할 구속이 찍혔지만 스톰즈 타자들은 할 만 하다는 표정을 지었다.

지난 겨우내 훈련을 통해 강속구가 몸에 익은 덕분이었다.

한정훈이 2차 전지훈련 때 합류하자 로이스터 감독은 주전 타자들의 타격감을 끌어올리기 위해 주전 투수들을 상대시켰다.

한정훈과 마크 레이토스, 테너 제이슨, 강현승, 이승민 등 강속구를 던지는 투수들은 후보 야수들과 함께 B팀으로.

그리고 주전 야수들은 불펜 투수들과 함께 A팀으로.

훈련 효율을 높이기 위해 신인 선수와 2군 선수들은 별도로 경기를 치렀다.

덕분에 스톰즈 주전 타자들은 한정훈과 마크 레이토스, 테너 제이슨, 강현승, 이승민의 공을 매일같이 겪어야 했다.

그중에서도 한정훈의 공은 무시무시했다. 아니, 한정훈이 독했다.

같은 팀원이라 하더라도 얻어맞을 생각은 없다며 전력을 다하는데 용병들을 비롯한 주전 타자들이 하나같이 혀를 내두를 지경이었다.

"그래도 형빈이가 정훈이 공은 제일 잘 맞추지 않았나?"

"뭐 갖다 맞추는 수준이긴 하지만 파울도 곧잘 나왔으니까요."

"그럼 뭔가 하나 해주겠는데?"

방망이를 짧게 잡은 공형빈을 향한 더그아웃의 기대감이 커졌다.

그것을 느끼기라도 한 듯 공형빈은 바깥쪽 꽉 차게 들어오는 루카스 지울리터의 패스트볼을 결대로 밀어 3유간을 꿰뚫어버렸다.

"좋아! 좋아!"

"나이스 안타!"

스톰즈 선수들이 벌떡 일어나 박수를 쳤다.

순식간에 루카스 지울리터를 멍하게 만든 공형빈은 야수 한정훈이라도 된 것처럼 1루를 밟은 채로 무덤덤하게 장갑을 바꿔 꼈다.

"공은 좋았어. 신경 쓰지 마."

혹시나 루카스 지울리터가 흔들릴까 봐 강의지가 통역을 대동하고 마운드에 올랐다.

"그냥 안타일 뿐이야."

루카스 지울리터는 공형빈의 안타에 큰 의미를 두지 않았다.

그저 공형빈의 배트 컨트롤이 좋았을 뿐이라고 여겼다.

"그나저나 한국은 너무 춥군."

루카스 지울리터가 손에 입김을 불어 넣었다.

충분히 몸을 푼다고 했는데 벌써부터 손가락이 뻣뻣해지는 기분이었다.

그사이 또 다른 좌타자가 타석에 들어섰다.

2번 타자 에릭 나.

좌투좌타 우익수.

장타력은 없지만 작전 수행 능력이 좋은 테이블 세터. 발이 빠르고 번트 센스가 좋음.

손으로 로진백을 툭툭 두드리며 루카스 지울리터가 에릭 나에 대한 정보를 되뇌었다.

통역에게 듣기로 작년도 에릭 나의 타율은 2할 7푼대. 출루율도 3할 초반 대에 머무른다고 했다.

빠른 공을 곧잘 노려 치긴 하지만 정타가 되는 경우는 많지 않다고 했다.

그렇다면 정공법은 아닐 터.

'결국 번트겠지.'

생각을 정리한 루카스 지울리터가 슬쩍 1루를 바라봤다.

공형빈의 리드 폭은 생각만큼 넓지 않았다. 그런데 포수 강의지는 1루에 견제를 하라는 사인을 냈다.

'견제를? 왜?'

살짝 미간을 찌푸리던 루카스 지울리터가 몸을 돌려 1루 쪽으로 공을 던졌다.

고작 두 걸음 리드했던 공형빈은 잰걸음으로 귀루해 먼저 1루를 밟았다.

당연하게도 판정은 세이프.

동시에 3루 관중석에서 스톰즈 팬들의 야유 소리가 터져 나왔다.

"쳇."

공을 돌려받은 뒤 루카스 지울리터가 불만 가득한 얼굴로 강의지를 바라봤다.

그러자 강의지가 기다렸다는 듯이 재차 견제 사인을 냈다.

작년 시즌 35개의 도루를 성공시킨 공형빈이 초구에 도루를 시도한 횟수는 22차례.

그리고 그중 19차례를 성공시켰다.

도루 시도 횟수나 성공률만 놓고 봤을 때 공형빈을 초구에 뛰지 못하도록 만드는 게 최선이었다.

하지만 루카스 지울리터는 강의지의 사인이 납득이 가지 않았다.

'또다시 견제라니. 대체 무슨 생각인 거야?'

루카스 지울리터가 단호하게 고개를 흔들었다. 강의지가 재차 견제 사인을 냈지만 마찬가지였다.

'하아, 진짜 이래서 제 잘난 줄만 아는 용병 놈들이 싫다니까.'

무겁게 한숨을 내쉬던 강의지가 바깥쪽 코스의 커브 사인을 냈다.

패스트볼만큼이나 명품이라는 루카스 지울리터의 커브라면 에릭 나도 쉽게 방망이를 내밀지 못할 것이라 판단했다.

그러나 루카스 지울리터는 이번에도 고개를 저었다.

'손가락이 꽁꽁 얼었는데 무슨 커브를 던지라는 거야?'

쌀쌀한 날씨에 손이 굳은 상황에서 커브를 던져 얻어맞느니 차라리 패스트볼 승부가 낫다고 여겼다.

'젠장, 아까 올라갔을 때 확실히 말을 해뒀어야 했는데.'

강의지의 표정이 딱딱하게 굳어졌다. 그렇다고 또다시 마운드에 올라갈 수도 없는 상황이었다.

'제대로 던져라. 얻어맞기 싫으면.'

결국 강의지가 몸 쪽 꽉 찬 코스로 패스트볼을 요구했다.

'진즉 그럴 것이지.'

루카스 지울리터가 씩 웃었다.

그러고는 패스트볼 그립을 움켜쥐고 있는 힘껏 공을 내던 졌다.

그 순간.

타다다닷!

평범하게 리드하고 있던 공형빈이 있는 힘껏 2루로 내달 렸다.

'어딜!'

강의지가 눈을 빛냈다.

구종이 패스트볼인 만큼 송구만 매끄러우면 2루에서 충분 히 잡아낼 수도 있다고 여겼다.

그런데……!

따각!

에릭 나의 방망이가 정확한 타이밍에 허리를 빠져나와 홈 플레이트로 날아들던 공을 후려쳐 버렸다.

빠르게 뻗어 나간 타구가 1루수 옆을 스쳐 지났다.

2루에서 1루로 자리를 옮긴 오재운이 몸을 날려봤지만 타 구는 진즉에 내야를 꿰뚫고 라인을 따라 구르고 있었다.

─페어! 페어입니다!

─2루타 코스죠? 공형빈 선수, 여유롭게 홈으로 들어옵니다.

−우익수 박건호 선수! 공을 더듬습니다. 그사이 에릭 나 선수 3루까지 내달립니다.

−아, 여기서 저렇게 허술한 플레이가 나오면 어떻게 합니까. 이렇게 되면 초반 분위기가 스톰즈 쪽으로 완전히 기울겠는데요.

에릭 나의 2루타에 박건호의 실책성 플레이가 곁들여지며 무사 3루로 변했다.

스코어는 1 대 0.

마운드에 선 루카스 지울리터가 이해할 수 없다며 고개를 흔들어 댔다.

'뭐야? 다들 도핑이라도 한 거야?'

루카스 지울리터는 자그마한 체구의 한국 타자들이 자신의 패스트볼을 여유롭게 때렸다는 게 믿기지 않았다.

그렇다고 한국 타자들에게 공략당할 만큼 자신의 공이 만만해졌다는 사실을 인정할 생각은 추호도 없었다.

'이게 다 포수 때문이다.'

루카스 지울리터는 모든 화살을 강의지에게 돌렸다.

그리고 강의지의 사인을 철저하게 무시한 채 자신의 생각대로 공을 던지기 시작했다.

"스트라이크, 아웃!"

강의지가 거르자던 루데스 마르티네즈를 4구만에 삼진으

로 잡아내자 루카스 지울리터는 자신의 판단에 확신을 가졌다.

'작년에 골든 글러브를 받았다고 해서 기대했는데 역시나 형편없는 포수였어. 하긴, 한국에 뭘 더 바랄까.'

4번 타자 최준이 타석에 들어서자 강의지가 바깥쪽으로 미트를 들어 올렸다.

하지만 루카스 지울리터는 몸 쪽 승부를 고집했다.

루데스 마르티네즈도 잡아낸 자신의 포심 패스트볼을 최준이 쳐 낼 리 없다고 여겼다.

하지만 승부의 결과는 정반대로 나타났다.

따악!

투 스트라이크 노 볼 상황에서 3구째 날아든 몸 쪽 패스트볼을 최준은 놓치지 않고 잡아 당겼다. 아니, 초구와 2구 모두 인코스에 당한 터라 또다시 날아든 몸 쪽 공을 놓칠 수가 없었다.

─큽니다! 쭉쭉 뻗어 날아갑니다!

─이건 넘어간 거 같은데요.

─우익수 뒤로! 우익수 뒤로! 우익수! 바라만 봅니다! 홈 ~ 런!

─최준 선수, 이적 후 첫 홈런을 시원하게 때려주네요.

3루를 지나 홈으로 들어오는 최준이 크게 포효했다.

두 번째 FA를 앞두고 작년 시즌 부진하면서 마음고생이 심했었는데 시즌 첫 타석에서 홈런이 터져 나왔으니 흥분하는 것도 무리는 아니었다.

그러나 루카스 지울리터의 눈에는 최준이 일부러 자신을 도발하는 것처럼 보였다.

"이 빌어먹을 한국 놈이!"

루카스 지울리터가 글러브를 집어던지며 최준에게 다가갔다.

강의지가 다급히 다가와 말렸지만 루카스 지울리터는 쉽게 진정하지 못했다.

"하아, 미치겠군."

결국 보다 못한 김태영 감독이 마운드에 올라와 투수 교체를 알렸다.

0.1이닝, 3피안타 1피홈런 3실점, 투구 수 10개.

─베어스 팬들 속이 좀 쓰리겠는데요.

이용헌 해설위원이 씁쓸히 말했다. 한두 푼도 아니고 무려 200만 달러라는 거금을 주고 데려온 선수의 첫 피칭은 그만큼 실망스럽기만 했다.

루카스 지울리터에 이어 올라온 베어스의 불펜 투수들도

달아오른 스톰즈의 타자들을 막지 못했다.

　5번 타자 작 피터슨이 한국 무대 마수걸이 홈런을 백투백 홈런으로 장식한 데 이어 6번 황철민과 7번 김주현이 연속 안타를 때려내며 두 번째 투수 노영은을 마운드에서 강판시켰다.

　세 번째로 올라온 함덕수는 8번 박기완을 볼넷으로 거른 뒤 1사 만루 상황에서 9번 타자 서건혁을 삼진으로 돌려세웠다.

　하지만 또다시 타석에 들어선 공형빈에게 싹쓸이 2루타를 얻어맞고 고개를 숙이고 말았다.

　결국 네 번째 투수 윤영승이 마운드에 올라 에릭 나를 플라이로 잡아내면서 길고 길었던 1회 초 스톰즈의 공격이 끝이 났다.

　스톰즈는 홈런 2개를 포함해 7안타 1볼넷을 묶어 대거 7득점에 성공했다.

　반면 베어스는 믿었던 루카스 지울리터가 무너지며 불펜을 풀가동해야 하는 상황에 이르렀다.

　설상가상으로 1회 말 선발로 마운드에 오른 건 한정훈이었다.

　-작년도 MVP와 투수 4관왕에 빛나는 스톰즈의 에이스, 한정훈 선수 마운드에 오릅니다.

―말이 필요 없는 선수죠?

―실력만큼이나 팀에서 대우도 확실하게 받고 있습니다.

―그렇습니다. 2년 차 최고 연봉을 받았으니까요.

제법 오랜 협상 끝에 한정훈의 연봉은 2억 7천만 원으로 결정이 났다.

22년 만에 류현신이 세웠던 2년 차 최고 연봉과 최고 연봉 인상률이 갱신된 것이다.

그러나 야구팬들 중 누구도 한정훈의 연봉이 과하다고 생각하지 않았다. 오히려 말도 안 되는 연봉 협상이라며 발끈하는 이가 많았다.

23승, 0점대 평균 자책점, 300개가 넘는 탈삼진.

경기 수가 156경기로 늘어났다곤 하지만 한국 야구사에 한 획을 그은 한정훈의 성적을 일반적인 연봉 계산법에 대입하기란 한계가 있었다.

그래서일까. 올 시즌 한정훈이 연봉 협상에 불만을 가지고 태업할지도 모른다는 우스갯소리가 팬들 사이에 나돌 정도였다.

하지만 마운드에 오른 이상 최선을 다한다는 한정훈의 마음 자세는 해가 바뀌어도 변한 게 없었다.

퍼엉!

한정훈이 내던진 초구가 순식간에 홈 플레이트를 관통했다.

바깥쪽 꽉 찬 포심 패스트볼.

초봄인데도 전광판 구속은 157km/h에 달했다.

–한정훈 선수. 초구부터 불을 뿜어댑니다.

–구속도 좋지만 제구도 완벽했죠? 정수민 선수, 꼼짝도 못했습니다.

–작년 시즌보다 공이 더 좋아진 것 같은데요.

–아무래도 지난 1년간 리그를 경험했던 게 큰 도움이 됐던 것 같습니다.

해설진의 호평 속에 한정훈이 2구를 내던졌다.

후앗!

바람을 가르며 정수민의 몸 쪽으로 날아든 공이 홈 플레이트 앞에서 뚝 떨어졌다.

정수민이 이를 악물고 방망이를 휘둘러봤지만 공의 윗부분을 스치는 데 그쳤다.

–정수민 선수, 쳤습니다만 파울입니다.

–한정훈 선수가 변형 체인지업을 던졌는데요.

–다시 보니 확실히 몸 쪽으로 휘어져 들어가는 게 눈에 보입니다.

–언제 봐도 참 좋은 공입니다.

-그런데 채팅창을 보니까 일부 팬분이 한정훈 선수의 체인지업이 느린데 타자들이 속는 게 이해가 가지 않는다고 말씀하시네요.

　-아무래도 TV 중계 화면을 통해 보는 것과 실제 타석에서 보는 건 다르니까요.

　-궁금해하시는 팬분들을 위해 자세하게 말씀해 주시죠.

　-아시다시피 한정훈 선수는 패스트볼을 주로 던지는 투수입니다. 대한민국 최고라 불려도 손색이 없는 포심 패스트볼과 155㎞/h를 넘나드는 커터, 투심 패스트볼까지. 하나같이 빠르고 위력적인 공들입니다. 타자들이 타석에서 한정훈 선수의 패스트볼에 맞서기 위해서는 히팅 타이밍을 빨리 가져갈 수밖에 없습니다. 잠시 망설이는 사이에 공은 벌써 홈플레이트를 지나쳐 버릴 테니까요.

　-그래서 몇몇 선수가 한정훈 선수의 패스트볼은 눈 딱 감고 휘두른다고 하는군요?

　-정말로 눈을 감고 휘두르진 않겠지만 비슷할 겁니다. 스윙이 큰 타자라면 한정훈 선수의 손에서 공이 떨어지는 걸 확인하고 곧바로 방망이를 휘둘러야 할 테니까요. 어쨌든 한정훈 선수의 패스트볼에 집중하다 보면 체인지업 타이밍을 노리는 게 어려워질 수밖에 없습니다. 특히나 한정훈 선수가 던지는 체인지업은 포심 패스트볼과 릴리스 포인트가 거의 똑같기 때문에 육안으로 구분해 내는 게 쉽지가 않죠.

―아하, 그러니까 포심 패스트볼인 줄 알고 배트를 내밀다 보면 공이 체인지업으로 변한다. 이 말씀이시죠?

―그렇습니다. 물론 패스트볼을 노리는데 변화구가 들어 온다고 해서 안타를 때려내지 못하는 건 아닙니다. 공이 한 가운데로 몰리거나 한다면 오히려 장타를 얻어맞을 가능성 이 높아지죠.

―하지만 한정훈 선수는 제구까지 좋지 않습니까?

―그러니 대단한 투수라는 겁니다. 자주 던지지도 않지만 쳐 봐야 파울이 될 만한 공을 던져 볼카운트를 잡으니 타자 들도 체인지업만 노리기가 어려울 수밖에 없습니다.

이용헌 해설위원이 시청자들의 궁금증을 해결해 주는 동 안 타석에서 벗어났던 정수민은 방망이를 교체하고 타석에 들어섰다.

표면적인 이유는 방망이에 금이 갔다는 것이지만 실제 이 유는 따로 있었다.

'작년 이맘때보다 더 빨라졌어.'

지난 시즌 스톰즈와 베어스의 첫 경기는 4월 중순에 치러 졌다.

그리고 그 당시 한정훈이 기록했던 포심 패스트볼의 최고 구속은 155km/h 정도였다.

패스트볼의 구속에 따라 체인지업의 구속도 130km/h 후반대에 머물렀다.

하지만 조금 전에 들어왔던 체인지업은 확실히 140㎞/h 이상이었다.

한정훈이 쾌조의 컨디션을 보이고 있는데 아직 익숙해지지 않은 무게의 방망이를 든다는 건 오만한 짓이었다.

"후우……."

정수민이 길게 숨을 골랐다. 그리고 한정훈의 3구를 기다렸다.

한정훈–박기완 배터리는 불필요하게 유인구를 남발하는 성격이 아니었다.

속전속결.

특히나 타이밍상 밀린다고 판단되는 타자들은 절대 봐주는 법이 없었다.

'분명 승부가 들어온다. 몸 쪽. 몸 쪽만 노리자.'

방망이를 들어 올리며 정수민은 몸 쪽 코스에 모든 신경을 집중했다.

만에 하나 바깥쪽 꽉 찬 공이 들어온다면 꼼짝없이 당하겠지만 예상대로 몸 쪽 공이 들어온다면 어떻게든 때려낼 생각이었다. 그런데…….

후아앗!

한정훈이 내던진 3구가 뜬금없이 한복판으로 말려들었다.

'실투!'

정수민은 반사적으로 허리를 돌렸다.

느낌상 체인지업은 아니었다. 어쩌면 추운 날씨 때문에 한정훈의 손이 굳어져서 바깥쪽 공이 안으로 몰린 것일지 몰랐다.

예상대로 공의 궤적은 포심 패스트볼과 유사하게 날아들었다.

'걸렸다!'

정수민이 성급히 미소를 머금었다.

7 대 0으로 뒤진 상황이지만 선두 타자인 자신이 한정훈에게 장타를 때려낼 수 있다면?

승리까진 어렵더라도 충분히 한정훈을 괴롭힐 수 있을 것 같았다.

후우웅!

순식간에 허리를 빠져나온 방망이가 공을 찍어 누를 듯 날아들었다.

그런데 그 순간.

"……!"

공이 갑자기 스윙 궤적 밑으로 사라져 버렸다. 뒤이어 묵직한 포구 소리가 정수민의 귓가를 울렸다.

'뭐지?'

정수민이 놀란 얼굴로 고개를 돌렸다. 사라진 공은 박기완의 미트 속에 정확하게 꽂혀 있었다.

문제는 포구 위치.

예상보다 공 두 개 정도 아래로 내려가 있었다.

분명 포심 패스트볼은 아니었다.

커터나 투심 패스트볼과는 궤적이 완전히 달랐다. 체인지업은 더더욱 아니었다.

한정훈이 올 시즌을 위해 150㎞/h가 넘는 체인지업을 준비했다는 소리는 듣지 못했다.

이건 한정훈의 레퍼토리에 없는 공이었다. 하지만 정수민은 박기완에게 차마 구종을 물어보지 못했다.

삼진을 당한 터라 타석을 나가야 하는 상황이었다.

정수민은 대기 타석에 있던 오재운을 바라봤다.

눈썰미 좋은 오재운이라면 자신이 어떻게 삼진을 당했는지 알려줄 것 같았다.

하지만 정작 오재운도 정수민에게 답을 구하려 했다.

"뭔 공이야. 봤어?"

"형도 못 봤어요?"

"뭔가 떨어지는 느낌이긴 했는데…… 워낙 빨라서."

"근데, 형. 떨어지긴 한 거죠?"

"하아……. 미치겠네."

오재운이 무겁게 한숨을 내쉬며 타석에 들어섰다.

1회에 에릭 나의 타구를 잡지 못한 게 마음에 걸려 타석에서 만회할 생각이었는데 정수민을 삼진으로 돌려세운 걸 보니 그것도 쉽지 않을 것 같았다.

까다로운 정수민을 3구만에 삼진으로 돌려세운 한정훈의 얼굴에는 여유가 넘쳤다.

반면 오재운은 생각을 정리하느라 좀처럼 타격 자세를 취하지 못했다.

그리고 그 차이가 승패를 갈랐다.

파앙!

한정훈의 초구가 총알처럼 몸 쪽에 꽂혔다.

오재운은 방망이를 내밀지도 못했다. 거의 무릎 높이로 들어오는 156㎞/h의 패스트볼을 정타로 만들어낼 자신은 없었다.

'체인지업. 제발 체인지업 하나만……'

오재운은 그나마 칠 만한 체인지업이 들어와 주길 바랐다.

그러나 오재운이 변화구를 잘 노려 친다는 걸 모르지 않는 박기완이 뻔한 승부를 걸 리가 없었다.

퍼엉!

한정훈의 손끝을 빠져나간 공이 바깥쪽 꽉 찬 코스를 파고들었다.

홈 플레이트 가장자리를 훑듯 지나는 포심 패스트볼.

"스트라이크!"

심판은 단호하게 스트라이크를 선언했다.

"아오, 시팔."

오재운의 입에서 절로 욕지거리가 터져 나왔다.

중계 카메라가 따라붙는 탓에 가급적 욕을 삼가려고 했지만 순식간에 투 스트라이크로 몰린 상황이라 버틸 재간이 없었다.

"또 그거 던질 거냐?"

오재운이 괜히 박기완에게 시비를 걸었다.

정확한 구종은 모르겠지만 정수민을 삼진으로 돌려세운 그 공이 들어온다면 답이 없을 것 같았다.

"글쎄요. 저도 잘 모르겠는데요."

박기완이 능청스럽게 웃었다.

작년이었다면 대선배인 오재운의 눈치를 살폈겠지만 지금은 달랐다.

지난 1년간의 경험이 어지간한 심리 싸움에는 꿈쩍도 하지 않을 여유를 만들어주었다.

"빌어먹을 놈들."

오재운이 눈두덩을 일그러뜨렸다.

한정훈도 한정훈이지만 박기완의 말본새를 보아하니 선배 대접받긴 그른 것 같았다.

'어차피 알려줘도 못 치실 거면서 괜히 그러신다.'

박기완이 씩 웃었다. 그리고 미트를 오재운의 몸 쪽으로 바짝 붙였다.

그와 동시에 한정훈이 있는 힘껏 공을 내던졌다.

후아앗!

총알처럼 날아든 공이 곧장 오재운의 몸 쪽 코스로 날아들었다.

'포심!'

공의 궤적을 보고 오재운은 포심 패스트볼이라고 판단했다. 그래서 밀리지 않기 위해 반 박자 빠르게 방망이를 휘돌렸다.

하지만 마지막 순간 살짝 잠긴 공은 매서운 스윙을 피해 박기완의 미트 속에 파묻혔다.

"스트라이크, 아웃!"

두 타자 연속 3구 삼진에 베어스 팬들의 표정이 어두워졌다.

반면 지난 시즌 후반기부터 급격하게 늘어난 스톰즈 팬들은 한목소리로 한정훈을 연호했다.

"좋아! 좋아! 역시 한정훈이야!"

"이 맛에 스톰즈 응원하지. 안 그래?"

"크흐흐, 오늘 대기록 하나만 세워라!"

스톰즈 팬들은 한정훈의 투구를 직접 지켜볼 수 있다는 사실에 흥분을 감추지 못했다.

하지만 진짜 흥분의 도가니에 빠진 곳은 따로 있었다.

-한정훈 선수! 아무래도 스플리터를 장착한 것 같은데요!

2구만에 한정훈이 던진 공의 정체에 근접한 이용헌 해설위원이 경악성을 터뜨렸다.

그리고 그 한마디가 일으킨 파장은 어마어마했다.

ㄴ대박! 한정훈 이제 스플리터까지 던진단다.

ㄴ와 진짜 해도 너무하네. 커터하고 투심도 잘 던지던데 스플리터까지 장착하면 타자들은 뭐 먹고 사냐?

ㄴ조금 전 그거 스플리터 맞아? 그냥 날이 추워서 손에서 빠진 거 아냐?

ㄴ스플리터 치고는 각이 밋밋한데.

ㄴ어쨌든 한정훈은 진짜 난 놈이다. 작년하고 똑같이 던져도 20승은 문제없을 텐데 신구종을 장착하다니.

ㄴ쇼타하고 따로 훈련한다고 해서 벌써부터 스타병 걸렸구나 했는데 아니네. 한정훈, 형이 오해해서 미안하다.

ㄴ20승은 개뿔. 작년엔 얻어걸린 거지 20승이 뉘 집 개 이름이냐?

ㄴ위에 붕신은 뭐냐? 관종이냐?

ㄴ야구 전문가들도 부상 없으면 20승은 기본이라는데 니가 왜 지랄이냐? 꼬우면 신상 까고 주둥이 털던가.

실시간 채팅창은 온통 한정훈에 대한 이야기뿐이었다.

국내 굴지의 야구 전문 사이트들도 마찬가지.

한정훈이 던진 공의 정체를 두고 각종 논쟁이 이어졌다.

그리고 그 논쟁의 마침표를 찍은 건 처음으로 스플리터를 입 밖으로 꺼낸 이용헌 해설위원이었다.

─지금까지 지켜본 결과 확실히 스플리터가 맞는 것 같습니다.

─느린 화면상으로도 공이 좀 떨어지는 느낌이었는데요.

─조금 전 화면에도 잡혔지만 그립이 기존의 포심과는 좀 다르죠? 일반적으로는 투심처럼 실밥을 검지와 중지에 걸쳐 쥐는 형태인데 한정훈 선수는 포심 그립을 살짝 벌려 잡고 있네요.

─실시간 시청자 의견을 살펴보니 추운 날씨 때문에 손가락이 굳어져서 생긴 현상이라는 이야기도 있는데요.

─하하. 날이 춥다고 그립마저 제대로 쥐지 못하면 투수 하지 말아야죠. 한정훈 선수는 국내 최고의 투수입니다. 게다가 한창때잖아요? 다른 선수들은 추울지 몰라도 한정훈 선수는 온몸에서 열이 날 겁니다.

─그런데 떨어지는 각이 크지가 않는데, 저 공이 위력적인 이유는 뭘까요?

─권성우 캐스터가 좋은 질문 해주셨는데요. 간단합니다. 한정훈 선수의 포심 패스트볼 궤적이 일반 선수들과는 다르기 때문입니다.

이용헌 해설위원의 들뜬 목소리가 마이크를 타고 울렸다.

설명이 길어진 탓에 어느새 스톰즈의 공격이 시작됐지만 이용헌 해설위원은 아랑곳하지 않고 한정훈에 대한 이야기를 이어갔다.

─한정훈 선수의 포심 패스트볼이 타자들의 눈에 라이징 패스트볼처럼 느껴진다는 건 야구 전문 프로그램에서 여러 차례 다룬 이야기인데요.

─다른 투수들의 포심 패스트볼보다 낙폭이 작다는 말씀이시죠?

─그렇습니다. 흔히들 포심 패스트볼은 투수의 손끝에서 타격 지점까지 거의 일직선으로 곧게 날아든다고 생각하시는 분들이 계시는데 그건 과학적으로 불가능한 일입니다.

─정확하게는 완만한 포물선을 그리며 날아들죠?

─네, 솔직히 다른 구종들에 비해 좌우상하 변화폭이 작아 직선에 가까울 뿐이지 실제 슬로우 모션으로 보면 생각보다 많이 떨어지는 걸 확인하실 수 있습니다.

─여기서 중요한 건 한정훈 선수가 던지는 포심 패스트볼은 다른 투수들의 포심 패스트볼보다 떨어지는 정도가 덜하다는 건데요.

─바로 그겁니다. 한정훈 선수가 던지는 포심 패스트볼은 회전이 워낙 좋아서 마지막 순간까지 살아 들어오는 느낌입

니다. 단순히 느낌만이 아니라 실제 공의 궤적을 살펴봐도 그렇죠.

−아, 친절한 담당 PD가 자료 화면을 준비했다고 합니다. 함께 보시죠.

한정훈의 등판 경기를 가장 많이 중계한 방송사답게 PD는 즉석에서 한정훈의 포심 패스트볼 투구 영상을 슬로우 모션으로 보여주었다.

그리고 비교 대상으로 스톰즈의 마무리투수인 이승민을 선택했다.

한정훈과 비슷한 체격에 유시한 투구 폼, 무엇보다 155km/h의 패스트볼을 던진다는 점이 주된 이유였다.

−보시면 아시겠지만 이승민 선수에 비해 한정훈 선수가 던지는 공이 조금 더 직선에 가깝지 않습니까?

−네, 확실히 그렇습니다.

−타격 지점에서 보면 한정훈 선수의 포심 패스트볼이 거의 공 한 개 반 정도 높게 통과되고 있습니다.

−타자 입장에서는 그 차이가 훨씬 더 크게 느껴질 것 같은데요.

−그렇습니다. 어느 정도 경험을 축적한 타자라면 이 정도 높이에서 날아드는 이런 구종은 대충 이 정도 높이로 홈 플

레이트를 통과할 것이라는 계산이 가능한데 한정훈 선수에게는 그게 통하지 않으니까요.

—이러니 타자들의 입에서 공이 솟구치는 것 같다는 말이 나오는 모양입니다.

이용헌 해설위원의 설명이 무르익자 담당 PD가 두 번째 화면을 꺼내 들었다.

한정훈의 포심 패스트볼과 이용헌 해설위원이 스플리터라 주장한 한정훈의 신종 패스트볼.

그 두 공의 궤적 차이를 슬로우 모션으로 만들어낸 것이다.

—이 영상을 보시면 한정훈 선수의 스플리터와 포심 패스트볼의 낙폭 차이가 명확하게 보이죠?

—확실히 그렇네요. 스플리터만 놓고 봤을 때는 낙폭이 작다 싶었는데 포심 패스트볼과 함께 놓고 보니까 타자들이 헷갈릴 수밖에 없겠는데요?

—그렇습니다. 타자들의 입장에서는 한정훈 선수 특유의 포심 패스트볼 궤적을 머릿속에 그리고 타석에 들어설 수밖에 없는데 일반적인 패스트볼 궤적보다 살짝 가라앉는, 스플리터가 들어오면 헛방망이질을 할 수밖에 없는 셈이죠.

—그러니까 결국 이 공은 한정훈 선수에게만 유효한 스플리터다. 이런 말씀이시죠?

─바로 그겁니다. 아마 제 추측이 맞는다면 아직 완성된 공은 아닌 것 같은데 포심 패스트볼의 위력이 워낙 뛰어나다 보니 타자들에게 통하고 있습니다.

─아직 미완성된 스플리터라. 그렇게 말씀하시니 이제 저도 이해가 확실히 갑니다. 그런데 미완성된 스플리터도 저 정도인데 저 공이 완성이 되면 어떨까요.

─하하. 무슨 말이 더 필요하겠습니까.

이용헌 해설위원은 그저 웃었다.

작년 한 해 최고의 활약을 펼쳤던 만큼 올 시즌에는 상대적으로 부진할지도 모른다는 걱정을 하고 있었는데 쓸데없는 기우였던 모양이었다.

나태해지기는커녕 더욱 단단해져서 돌아온 한정훈의 모습을 보니 벌써부터 마음이 든든해지는 기분이었다.

경기를 지켜보는 야구팬들의 생각도 마찬가지였다.

ㄴ한정훈 벌써부터 MVP 모드냐.
ㄴ진짜 혼자 치트 키 쓰고 야구 하네.
ㄴ나보다 한참 어리지만 존경스럽다.
ㄴ테일즈 야구 할 맛 안 나겠다.

이제 막 개막전이 치러지는 상황이었지만 야구팬들은 벌

써부터 한정훈이 MVP 2연패를 차지할 거라고 단언했다.

좀 더 지켜봐야 한다는 이들조차 부상이라는 절대적인 변수를 언급했다.

일부 관심을 끌려는 이들을 제외하고 실력으로 한정훈을 폄하하는 경우는 없다시피 했다.

상황이 이렇다 보니 베어스 팬들은 죽을 맛이었다.

ㄴ김태영 감독 뭐냐. 괜히 쓸데없는 소리 해가지고는

ㄴ강의지는 어떻고? 한정훈을 깰 비책이 있다고? 그 비책이 6회까지 퍼펙트 당하는 거냐?

ㄴ아가리 좀 닥치지? 진짜 퍼펙트게임 당하길 바라는 거냐?

ㄴ하아, 제발 소원이니까 한정훈 빨리 메이저 가라. 진짜 내년부터는 국내 리그에서 안 보고 싶다. ㅠ.ㅠ

6회 말 베어스 공격이 끝난 가운데 점수는 13 대 0까지 벌어져 있었다.

1회 7점을 뽑아낸 스톰즈 타자들은 2회와 3회, 잠시 숨을 고르다 4회에 3점, 5회에 2점, 6회에 1점을 추가로 뽑아냈다.

반면 베어스 타자들은 한정훈표 스플리터에 철저하게 농락당하고 있었다.

삼진 9개, 땅볼 7개, 내야 플라이 2개.

정타는커녕 외야로 뻗어 나가는 타구조차 없었다.

"이대로 끌려갈 거야? 진짜 뭐라도 좀 하자!"

클리닝 타임을 맞아 주장 오재운이 더그아웃의 선수들을 불러 모았다.

그리고 수단과 방법을 가리지 말고 이 분위기를 깨뜨려야 한다고 역설했다.

그러자 투수조 조장인 노영은이 6회 초 등판했던 4년 차 투수 정덕훈을 불러 세웠다.

"덕훈아, 재운이 이야기 들었지?"

"네."

"그래서, 넌 어떻게 할 건데?"

"……예?"

"타자들은 정훈이 놈한테 완전히 눌려 있잖아. 그럼 우리라도 뭘 해야지. 안 그래?"

"하지만 제가 어떻게…….."

"으이그, 답답아. 누가 너더러 한정훈처럼 던지래? 쟤는 그냥 외계인이고. 우린 우리가 할 수 있는 일을 하면 되잖아."

"……네."

"하아, 우리 감독님이 조금만 독했으면 아마 벤치 클리어링이라도 유도해 보라고 지시했을 거다."

"베, 벤치 클리어링이요?"

"그래. 이대로 가다간 정훈이 놈한테 퍼펙트 당하게 생겼어.”

노영은이 넌지시 운을 뗐다.

실제 이런 일방적인 상황을 깨뜨리는데 벤치 클리어링만큼 효과 좋은 방법은 없었다.

“벤치 클리어링. 벤치 클리어링.”

정덕훈이 굳은 얼굴로 마운드에 올랐다. 공교롭게도 타석에는 오늘 연타석 홈런을 때려낸 최준이 서 있었다.

1회에 투런 홈런으로 포문을 연 최준은 4회 스리런 홈런까지 때려내며 스톰즈 공격을 주도하고 있었다.

3타수 2안타 2홈런 1사사구 5타점 3득점.

퍼펙트 피칭을 이어가는 한정훈의 경기 MVP 수상을 위협할 정도로 엄청난 기록이었다.

그래서 최준은 욕심을 부렸다.

‘이적 후 첫 경기인데 MVP를 놓칠 수는 없지.’

여기서 시원한 장타 한 방을 더 터뜨린다면 MVP 경쟁에서 한 걸음 앞서 갈 수 있다고 판단한 것이다.

“선배, 적당히 좀 해요.”

최준이 타석에 바짝 붙어 서자 강의지가 볼멘 목소리를 냈다.

스톰즈 홈경기라면 또 모르겠지만 베어스 홈 개막전에서 이러는 건 매너 없는 짓이었다.

하지만 최준은 대꾸조차 하지 않았다.

겨우내 구슬땀을 흘려가며 훈련한 결과가 나오고 있는데 여기서 만족할 수는 없는 노릇이었다.

"하아, 진짜……!"

최준을 빤히 노려보던 강의지가 이내 입술을 깨물었다. 그러고는 최준의 팔꿈치 옆쪽으로 미트를 들어 올렸다.

강의지가 원하는 건 최준이 빈볼처럼 느낄 위협구였다.

일단 최준을 홈 플레이트에서 떨어뜨려 놓은 뒤 바깥쪽 코스로 승부를 볼 계획이었다.

'덕훈이 녀석이 컨트롤은 좋으니까.'

강의지는 정덕훈의 제구력을 믿었다.

설사 공이 안쪽으로 말려 최준이 맞는다 해도 큰 문제는 없을 것이라 여겼다.

정덕훈은 제2의 유희완이라 불릴 만큼 느린 구속을 자랑했다.

포심 패스트볼 최고 구속이 140㎞/h에 불과했지만 공 반개를 넣었다 뺐다 할 정도로 칼 같은 제구 능력을 갖추고 있었다.

만약 정덕훈이 곧바로 마운드 위에 올라왔다면 강의지가 원하는 대로 공을 던졌을 것이다.

하지만 마음의 큰 부담을 앉고 있는 상황에서 나온 강의지의 사인은 정덕훈의 머릿속을 복잡하게 만들었다.

'내가 총대를 메야지. 내가.'

길게 숨을 고르던 정덕훈이 이내 고개를 끄덕거렸다.

그리고 포심 패스트볼 그립을 쥔 채로 강의지의 미트보다 조금 오른쪽을 향해 힘껏 공을 내던졌다.

후아앗!

정덕훈의 손에서 공이 빠져나오기가 무섭게 최준은 몸을 웅크렸다.

사사구 공장장이라 불릴 만큼 몸에 맞는 공을 달고 살던 터라 빈볼이라는 사실을 본능적으로 알아챈 것이다.

그러나 대각선으로 날아든 정덕훈의 공은 예상보다 조금 더 깊숙이 꺾였다.

그리고 최준의 팔꿈치 위쪽을 그대로 강타해 버렸다.

"크악!"

최준의 입에서 악에 받친 비명이 터져 나왔다. 그와 동시에 스톰즈 선수들이 동시에 몸을 일으켰다.

"이런 시팔! 뭐야?"

"한번 해보자는 거야?"

분위기가 어수선해지자 베어스 선수들도 기다렸다는 듯이 더그아웃 밖으로 뛰쳐나왔다.

이 상황에서 스톰즈 선수들이 더그아웃을 박차고 나온다면 곧바로 벤치 클리어링이 일어날 분위기였다.

"정훈이 너는 절대 나오지 마. 알았지?"

경기를 지켜보던 배용수는 곧바로 한정훈의 앞을 가로막

았다.

본래라면 내일 선발인 마크 레이토스를 제외한 모든 투수가 벤치 클리어링에 참여하는 게 옳았지만 배용수의 판단은 달랐다.

베어스 선수들이 원하는 건 최준의 기를 꺾는 게 아니다.

최준을 통해 한정훈을 벤치 클리어링에 끼어들게 만드는 것이다.

이 상황에서 한정훈이 무턱대고 그라운드 위로 올라간다면 베어스 선수들의 바람대로 놀아나는 꼴밖에 되지 않았다.

그보다는 차라리 자신이 욕을 먹는 한이 있더라도 한정훈을 더그아웃에 붙잡아 놓는 게 나았다.

다른 고참 선수들의 판단도 배용수와 다르지 않았다.

"정훈이 넌 빠져 있어!"

"힘쓰는 건 형들이 알아서 할 테니까 넌 저 쉐키들 공으로 조져라."

한정훈의 부담을 덜어주기 위해 저마다 한마디씩 거들고 나섰다.

하지만 한정훈은 애당초 더그아웃을 나설 생각이 없었다.

에이스랍시고 몸을 사리려던 게 아니라 공에 맞는 순간 힘겹게 짜증을 참아낸 최준이 일을 크게 벌일 것 같지 않았기 때문이다.

아니나 다를까.

"됐어. 나오지 마."

최준이 3루 측 더그아웃을 향해 손바닥을 내밀었다.

이 상황에서 벤치 클리어링이 나 봐야 좋을 게 없다는 걸 빨리 파악한 것이다.

공에 맞은 최준이 묵묵히 1루로 걸어가자 1루 페어라인 앞쪽까지 몰려나왔던 베어스 타자들도 머쓱한 얼굴로 물러설 수밖에 없었다.

"후우……."

정덕훈은 그저 가쁜 숨을 몰아쉬었다.

정말로 벤치 클리어링이 일어나지 않아 다행스러웠지만 그렇다고 그걸 내색할 수는 없는 노릇이었다.

최준이 마음을 추스르는 동안 잠시 경기가 중단됐다.

"죄송합니다."

1루에 도착한 최준을 향해 정덕훈이 모자를 벗고 고개를 숙였다.

"됐다."

최준이 가볍게 손을 들었다. 공이 팔꿈치 보호대 윗부분을 때린 덕분에 통증이 심하지도 않았다.

당사자들끼리는 원만하게 화해를 했지만 경기장의 분위기는 싸늘하게 변한 상태였다.

벤치 클리어링 직전까지 갔으니 양 팀 선수들의 눈빛이 사나워지는 게 당연했다.

-베어스의 한영덕 투수 코치 마운드에 올라옵니다.

-역시 투수를 바꿀 생각인 거죠?

-그런데 베어스에 남은 투수가 있을까요?

-스톰즈와 2연전에 대비해 3, 4, 5선발 대신 불펜 투수들로 엔트리를 채워 넣었으니 나올 투수는 있습니다. 다만 그 선수들이 스톰즈 타선을 막아낼 수 있을지가 관건이겠지만요.

분위기를 환기시키듯 마운드에 오른 한영덕 투수 코치는 정덕훈의 어깨를 두어 번 두드린 뒤에 다시 더그아웃으로 돌아갔다.

구심이 다가가 투수를 바꿀 것이냐고 물었지만 한영덕 투수 코치는 가볍게 고개를 흔들어 보였다.

-한영덕 투수 코치가 그냥 내려가는데요?

-불펜에서 몸을 풀 시간을 벌려는 건가요?

-지금 중계 카메라가 베어스 불펜을 비추고 있습니다만 몸을 푸는 투수가 한 명도 없습니다.

-하아……. 그렇다면 정덕훈 선수로 쭉 가겠다는 이야기인데 마땅한 투수가 없더라도 바꿔줬어야죠. 이건 홈팬들에 대한 예의가 아닙니다.

-정덕훈 선수가 지금까지 공을 4개 던졌으니까 이번 이닝까지만 맡겨보겠다는 계산 같은데요.

–벤치의 기대대로 정덕훈 선수가 이번 위기를 잘 헤쳐 나간다면 좋겠지만 그 반대의 결과가 나온다면, 글쎄요. 후유증이 오래갈 것 같습니다.

이용헌 해설위원은 신인급인 정덕훈이 이 위기를 쉽게 이겨내지 못할 것이라고 예상했다.

무사 1루에서 작 피터슨과 황철민, 김주현과 승부해야 하는 상황이었다.

힘 있는 타자들을 상대하기에 정덕훈은 구속은 물론 경험도 부족해 보였다.

물론 베어스 벤치의 사정을 모르는 바는 아니었다.

정덕훈은 팀의 일곱 번째 투수였다.

내일도 마크 레이토스라는 풀타임 메이저리그를 상대해야하는 만큼 불펜의 피로도를 줄이고 싶은 것도 당연했다.

하지만 이 경기가 홈 개막전인 만큼 마지막까지 최선을 다하는 모습을 보여주는 게 옳다고 여겼다.

승부가 완전히 기울었다 하더라도 마지막까지 쫓아가는모습을 보여주는 게 팬들을 위한 도리라고 생각했다.

그러나 베어스 벤치도 바꿀 투수가 없어서 정덕훈을 내버려 둔 게 아니었다.

"뭐라고 합니까?"

김태영 감독이 더그아웃으로 돌아온 한영덕 투수 코치를

바라봤다.

그러자 한영덕 투수 코치가 가볍게 웃어 보였다.

"끝까지 던지겠다고 합니다."

"덕훈이가요?"

"네, 본인도 기회라고 생각하는 모양입니다."

정덕훈은 고교 시절부터 주목을 받던 투수였다.

구속은 그때나 지금이나 평범한 수준이었지만 다양한 변화구를 바탕으로 타자들과 싸울 줄 알았다.

투구 폼도 유연하고 제구도 좋아 구위형 투수들보다 롱런할 거라는 평가가 많았다.

그래서 베어스 구단에서도 정덕훈을 제2의 유희완으로 키울 생각을 가지고 있었다.

"덕훈이가 오늘 잘 던진다면 선발 기회 한 번 주시는 게 어떻습니까?"

한영덕 투수 코치가 넌지시 권했다.

1선발부터 5선발까지는 이미 정해진 상황이었지만 롱 릴리프를 겸한 6선발 자리는 아직 공석이었다.

"덕훈이가 잘 던진다면야 당연히 기회를 줘야죠."

김태영 감독이 흔쾌히 고개를 끄덕였다.

경기는 되돌리기 어려울 정도로 기운 상태였지만 정덕훈이라도 건진다면 그나마 체면치레는 할 것 같았다.

벤치의 의중을 전해 들은 정덕훈은 애써 마음을 다잡았다.

그리고 다양한 변화구를 통해 작 피터슨과 황철민, 김주현을 범타로 돌려세웠다.

정확하게는 덤벼드는 타자들에게 칠 만한 공을 던져 범타를 유도해 냈다는 표현이 옳았다.

장타력을 갖춘 세 타자의 타구가 전부 외야 깊숙이 날아갔지만 리그 최고의 수비 능력을 갖춘 베어스 외야수들의 글러브를 벗어나지 못했다.

그렇게 급격히 끓어올랐던 7회 초 스톰즈 공격은 다소 허무하게 끝이 나버렸다.

"잘했어!"

"수고했다!"

베어스 선수들은 더그아웃 앞까지 나와 정덕훈을 격려했다.

한영덕 투수 코치도 흐뭇하게 웃으며 가볍게 손뼉을 두드렸다.

"정덕훈, 더 던질 수 있겠어?"

김태영 감독이 정덕훈을 바라보며 물었다.

"더 던지고 싶습니다!"

정덕훈이 힘차게 대답했다.

눈앞에 기회가 찾아왔는데 그걸 마다하는 건 바보 같은 짓이었다. 자연스럽게 사구를 던졌다는 자책감도 저만치 사라져 버렸다.

최준도 괜찮다고 했고 벤치 클리어링도 일어나지 않았으

니 가볍게 넘겨도 된다고 여겼다.

하지만 한정훈은 정덕훈이 일부러 사구를 던졌다는 사실을 잊지 않고 있었다.

"형, 괜찮아요?"

더그아웃으로 돌아온 최준을 바라보며 한정훈이 넌지시 물었다.

"아프지, 인마. 그러니까 네가 내 복수 좀 해줘라."

최준이 살짝 인상을 찌푸렸다.

통증이야 진즉 가라앉았지만 팀의 에이스가 신경을 써주니 괜히 어리광을 부리고 싶어진 것이다.

"진짜 복수해 드려요?"

한정훈이 진지하게 되물었다.

말을 하진 않았지만 최준이 원한다면 160㎞/h의 빈볼이라도 던질 기세였다.

"야, 인마. 그냥 해본 말이지. 넌 빈볼 던지면 안 돼. 사람 잡는다."

최준이 정색하듯 말했다.

구속이 느린 정덕훈의 공이야 맞을 만했지만 한정훈의 패스트볼이 몸으로 날아든다면?

그때는 벤치 클리어링을 피하기 어려워진다.

"어쨌든 말만이라도 고맙다. 진짜야."

최준이 한정훈의 어깨를 꼭 끌어안았다.

그렇게 하면 한정훈도 울컥하는 마음을 다잡을 수 있을 것이라 기대했다.

그러나 더그아웃에 앉아서 실실 웃고 있는 정덕훈을 발견한 한정훈의 눈빛은 여전히 싸늘하기만 했다.

"왜 그래? 어디 안 좋아?"

포수석으로 향하다 한정훈의 굳은 표정을 확인한 박기완이 몸을 돌려 냉큼 마운드 쪽으로 다가왔다.

"최준 선배 맞춰놓고 저렇게 영웅 대접 받는 거 보니까 좀 짜증 나네."

한정훈이 솔직히 말했다.

다른 선수들은 몰라도 마누라인 박기완은 자신의 감정 상태와 속마음을 정확하게 알고 있어야 했다.

"나도 좀 그렇긴 한데…… 이 상황에서 빈볼은 아닌 거 같은데."

박기완이 에둘러 말했다.

현재 한정훈은 6회까지 퍼펙트를 기록하고 있었다.

단 한 개의 정타도 허용하지 않은 완벽한 피칭이었다.

여기서 굳이 복수를 하겠다고 좋은 흐름을 무너뜨릴 필요는 없어 보였다.

하지만 한정훈의 생각은 달랐다.

정말로 2년 차 투수였다면 혹시나 선배들이 빈볼을 던지라고 시킬까 봐 겁을 냈겠지만 16년간 프로 생활을 하면서 수많은 빈볼을 던지고 벤치 클리어링에 참여해 온 입장에서는 그냥 넘어갈 수가 없었다.

"여기서 넘어가면 다른 경기 때 같은 일이 일어나지 말라는 보장 있어?"

한정훈이 박기완을 똑바로 바라봤다.

야구는 팀 스포츠다.

그리고 팀 스포츠는 기세 싸움이 승패를 가른다.

오늘 경기에서 한정훈이 아무런 조치도 취하지 않는다면 다른 팀들은 같은 방법으로 한정훈을 흔들려 굴 것이다.

그리고 그때마다 스톰즈 타자들에게 빈볼이 날아들 것이다.

최준처럼 가벼운 타박상으로 끝난다면 다행이지만 공을 잘못 맞아 심각한 부상으로 이어진다면?

가뜩이나 선수층이 얇은 스톰즈에게는 치명적일 수밖에 없었다.

"하아……."

한정훈의 사나워진 눈빛을 읽은 박기완이 무겁게 한숨을 내쉬었다.

이런 상황에서 한정훈을 말릴 수 있는 사람은 아무도 없었다.

그렇다고 주전 포수로서 한정훈에게 모든 짐을 떠넘길 수는 없는 노릇이었다.

"좋아. 대신 사인은 내가 낸다. 그리고…… 인간적으로 맞추지는 말자. 자기들이 맞겠다고 덤벼든다면 또 모르겠지만. 알았지?"

박기완이 미트를 한정훈에게 내밀었다.

"오케이."

박기완의 제안이 마음에 들었던지 한정훈도 씩 웃으며 글러브를 가져다 댔다.

'저 녀석들, 최준 선배 복수를 나한테 하려는 건 아니겠지?'

박기완이 한정훈과 뭔가를 쑥덕거리고 돌아오자 1번 타자 정수민은 불안함을 감추지 못했다.

본래 소속 팀 타자가 빈볼에 맞으면 비슷한 포지션의 상대 팀 타자에게 복수하는 게 일반적이었다.

우리 팀 4번 타자가 맞으면 상대팀 4번 타자에게.

우리 팀 고참이 맞으면 상대방 고참 타자에게.

받은 만큼 고스란히 돌려주는 게 빈볼 시비의 묘미(?)였다.

프랜차이즈 스타 김현우가 메이저리그에 진출하면서 베어스에 최준과 비견될 만한 타자는 솔직히 없었다.

그나마 몸값 높은 타자들을 고르자면 주장인 오재운이나 3번 민병훈, 주전 포수 강의지 정도였다.

상식적으로 놓고 봤을 때 4순위 정도에 불과한 정수민에게 빈볼이 날아들 가능성은 낮았다.

하지만 정수민은 긴장의 끈을 놓지 못했다.

경우에 따라서는 그 복수의 화살이 엉뚱하게 날아들 수도 있기 때문이다.

'만약에 정훈이 녀석이 선배들을 맞추는 걸 부담스러워 한다면…… 날 노릴지도 몰라.'

베어스 주전 타자 중 정수민은 가장 어린 90년생이었다.

박건호와 허경인 역시 90년생이지만 이름값에서는 정수민을 따라올 수가 없었다.

'혹시 모르니까…… 이번 타석은 그냥 죽자.'

좌타석에 들어선 정수민은 홈 플레이트에 바짝 붙어 서던 타격 스타일을 버리고 타격 박스 가장 바깥쪽에 자리를 잡았다.

혹시라도 날아들지 모를 한정훈의 빈볼에 대응하기 위해서였다.

'이건 나도 방법이 없다, 정훈아.'

박기완이 어쩔 수 없다는 듯 바깥쪽 사인을 냈다.

한정훈도 이내 고개를 끄덕거렸다.

이런 상황에서 정수민에게 빈볼성 위협구를 던지기란 불가능한 일이었다.

펑!

펑!

퍼엉!

한정훈은 가볍게 공 3개를 바깥쪽에 꽂아 넣으며 정수민을 3구 삼진으로 돌려세웠다.

정수민이 대놓고 삼진을 당해주겠다는데 마다할 이유는
없었다.

"급하다. 급해!"

심판의 삼진 콜이 울리기가 무섭게 정수민은 어딘가 불편
한 얼굴로 더그아웃으로 향했다.

그러고는 냉큼 안쪽 문을 열고 화장실로 향했다.

"뭐야, 저 녀석. 배탈이야?"

"쓰읍, 그러고 보니까 나도 아까부터 아랫배가 싸한데……."

다행히 베어스 선수들은 정수민을 질책하지 않았다.

갑작스럽게 배에서 신호가 오면 제대로 된 타격을 하기 어
렵다는 걸 다들 한두 번씩은 경험해 봤기 때문이다.

물론 모든 선수가 정수민을 이해하는 건 아니었다.

"하아, 저 멍청한 놈."

주장이자 2번 타자인 오재운은 고개를 절레절레 흔들어
댔다.

아무리 속이 불편해도 그렇지 선두 타자로 나선 1번 타자
가 방망이 한 번 휘둘러보지 못하고 삼진을 먹다니.

프로 선수로서 할 짓이 아니었다.

만약 정수민을 대신해 대타를 썼다면 상황은 달라졌을 것
이다.

대타가 한정훈을 상대로 안타를 때리고 루상에 나가 있다
면 오재운도 한결 편안한 마음으로 타격에 임할 수 있었을

것이다.

하지만 정수민이 허무하게 죽어버린 탓에 여러모로 부담만 커졌다.

'일단 퍼펙트를 끊는 데 주력하자.'

오재운은 배터 박스 안쪽 라인에 두 발을 바짝 밀착시켰다.

155㎞/h가 넘는 한정훈의 패스트볼들이 부담스럽긴 했지만 머뭇거리지 않았다.

한정훈이 부담을 느껴 바깥쪽으로 승부를 걸어와도 좋고 몸 쪽 공이 몰려 한가운데로 들어와도 좋았다.

한정훈이 던진 몸 쪽 공이 말려 들어와 유니폼에 스쳐 준다면 더 좋았다.

그렇게라도 해서 퍼펙트를 깰 수만 있다면, 주장으로서 제 몫을 해낼 수만 있다면 이 정도 두려움은 이겨낼 수 있었다.

아니, 이겨낼 수 있다고 여겼다.

그러나 박기완의 사인을 받기가 무섭게 내던진 한정훈의 공은 평소 오재운이 알고 있던 그런 공이 아니었다.

후아앗!

바람 소리와 함께 날아든 공이 오재운의 얼굴을 향해 곧장 뻗어왔다. 그와 동시에 오재운의 입에서 자지러지는 비명 소리가 터져 나왔다.

"으아악!"

오재운은 반사적으로 자신의 왼쪽 어깨에 얼굴을 파묻었

다. 공이 너무 빨라 피하지 못할 것 같으니 최소한 얼굴이라도 보호하겠다는 생각이었다.

하지만 오재운을 맞출 듯 날아들던 공은 마지막 순간에 방향을 바꾸어 박기완의 미트 속으로 빨려 들어갔다.

펑엉!

포구음에 깜짝 놀란 오재운이 고개를 돌렸다. 그러다 박기완의 미트 위치를 확인하고는 빠득 이를 갈았다.

몸 쪽 높게 빠진 볼.

빈볼이라고 주장하기에는 어려운 위협구성 공이었다.

그렇다 보니 오재운도 성격처럼 방망이를 내던지지 못했다. 몸 쪽에 바짝 붙어 한정훈을 자극한 만큼 위협구에 발끈해 마운드로 달려갈 수는 없는 노릇이었다.

"너희 진짜 이럴래?"

대신 오재운은 만만한 박기완에게 성질을 냈다. 박기완의 표정을 보니 조금도 놀라는 기색이 없었다. 그렇다는 건 사전에 모의를 했다는 소리. 프로 13년 차 선배의 얼굴을 향해 이제 막 루키에서 벗어난 2년 차 배터리가 위협구를 던져 대는 걸 웃어넘긴다는 건 자존심이 용납하지 않았다.

하지만 박기완은 묵묵부답, 입을 꾹 다물어버렸다.

애당초 먼저 시작한 건 베어스였다. 게다가 오재운이 홈플레이트에 바짝 붙지 않았다면 조금 전처럼 호들갑을 떨 필요도 없었다.

"나이스 볼!"

오재운의 시선을 무시한 채 박기완이 한정훈에게 공을 돌려주었다.

"빌어먹을 놈들."

오재운이 질근 입술을 깨물었다. 그러고는 보란 듯이 타석 앞쪽에 바짝 붙어버렸다.

박기완도 지지 않고 몸 쪽에 미트를 가져다 붙였다. 그 움직임이 오재운의 시야 끄트머리에 잡혔다. 아니, 오재운이 알아채도록 일부러 크게 움직였다.

하지만 오재운은 끝내 홈 플레이트에서 떨어지지 않았다.

반쯤은 오기였다.

여기서 물러나면 앞으로 한정훈을 상대로 기를 펴지 못할 것 같았다. 베어스의 주장으로서 뭐라도 해야 한다는 책임감도 한몫 거들었다. 별것 아닌 주장 완장이 이런 순간만 되면 묵직하게 느껴졌다. 홈 팬들이 지켜보는 가운데 그 무게감을 무시하기란 쉽지 않았다.

나머지 반은 일종의 기대였다.

설마하니 한정훈이 또다시 몸 쪽으로 붙이겠느냐는 막연한 기대. 자신이 강하게 나가면 오히려 겁을 먹고 제풀에 무너질 수도 있다는 기대. 이 상황을 잘 이용한다면 퍼펙트를 깨뜨리는 건 물론이고 경기 흐름을 어느 정도 베어스 쪽으로 끌고 올 수 있을 것이라는 기대.

막연하긴 하지만 한정훈이 이제 2년 차 신인인 걸 감안했을 때 충분히 가져볼 만한 기대였다.

그러나 한정훈이 무표정한 얼굴로 내던진 2구는 오재운을 또다시 모양 빠지게 만들어버렸다.

당초 박기완이 낸 사인은 초구와 같았다.

몸 쪽 투심 패스트볼.

하지만 한정훈은 고개를 저었다. 투심으로 겁을 주는 건 한 번으로 족했다. 또다시 투심을 던진다면 오재운이 두 눈 딱 감고 버틸 가능성이 높았다.

그보다는 좌타자 몸 쪽으로 파고드는 커터를 던지는 게 나아 보였다. 제대로 제구만 되면 어지간한 타자들은 움찔 놀라 뒤로 물러나기 바쁜 게 커터다. 그 공을 좌타자의 몸 쪽에 더 깊숙이 집어넣는다면? 좌타자가 느끼는 공포는 배가 될 수밖에 없었다.

한정훈의 속내를 읽기라도 한 듯 박기완은 두 번째 사인에서 커터를 요구했다.

가볍게 고개를 끄덕인 뒤 한정훈이 투수판을 밟았다. 박기완은 욕을 들어먹을 작정이라도 한 것처럼 오재운의 가슴 근처로 미트를 들어 올리고 있었다.

한정훈은 머릿속으로 공의 궤적을 그렸다. 지금 박기완의 미트에 공을 집어넣기 위해서는 홈 플레이트 왼쪽으로 두 개 정도 빠지는 코스로 던져야 했다.

그러나 그 정도 코스는 오재운도 어렵지 않게 피할 것 같았다. 서로 기 싸움을 벌이는 상황에서 그런 어정쩡한 공은 안 던지는 것만 못했다.

'던지려면 확실히 던져야지.'

한정훈은 머릿속으로 박기완의 미트보다 두 개 정도 공을 더 뺐다. 궤적을 그리자 꺾인 공이 오재운의 손목 쪽으로 날아들었다. 만에 하나 오재운이 공을 제때 피하지 못한다면 큰 부상을 입을 수도 있었다.

하지만 한정훈은 독하게 마음을 먹었다. 그리고 새롭게 정한 포구점을 향해 있는 힘껏 공을 내던졌다.

후아앗!

한정훈의 손끝을 빠져나간 공이 초반부터 오재운의 몸 쪽으로 붙어 들었다.

"으악!"

오재운은 비명과 함께 뒤로 넘어졌다. 공의 움직임만으로도 100퍼센트 빈볼이라고 생각한 것이다.

퍼엉!

오재운이 남긴 잔상을 꿰뚫은 공을 박기완이 어렵사리 잡아냈다. 초구보다 확실히 빠져나간, 빈볼성 공이었다.

"야! 인마!"

"한정훈, 이 새끼! 지금 뭐하자는 거야!"

베어스 팬들의 입에서 야유가 터져 나왔다. 초구야 그럴 수 있다 하더라도 2구는 누가 봐도 의도가 명백해 보였다. 아시안 게임 이후로 국가 대표 에이스 대우를 받는 한정훈이라 하더라도 이런 상황에서까지 옹호해 줄 수는 없는 노릇이었다.

"크으. 진짜 이 새끼들이!"

거의 드러눕듯 쓰러졌던 오재운이 힘겹게 몸을 일으켰다. 그러고는 한정훈을 매섭게 노려보며 마운드로 걸어 나갈 것처럼 굴었다.

그러자 구심이 재빨리 홈 플레이트 앞으로 뛰어나와 오재운을 가로막았다.

"지금 뭐하는 거야?"

"보면 몰라요?"

"뭘? 정훈이도 손에서 공이 빠질 수도 있는 거지."

"저놈이요? 저놈이 손에서 공을 빠뜨릴 놈입니까?"

"어쨌든 너도 잘한 거 없으니까 그만 해."

"뭘 그만해요! 저 녀석 퇴장 줘야 하는 거 아니에요? 머리로 날아왔다고요!"

오재운이 벌게진 얼굴로 심판에게 따졌다. 그러나 구심도 무조건 오재운의 편을 들어주기는 어려웠다.

"아까 준이 맞은 것도 그냥 넘어갔잖아."

"그거랑 이거랑 같아요?"

"준이는 맞았고 넌 안 맞았지."

"성규 형!"

"경기 중이다. 사적으로 부르지 마."

"와, 진짜 이런 식으로 할 거예요?"

"더 이상 소란피우지 말고 타석에 들어와. 정말 벤치 클리어링이라도 할 생각이야?"

"하아……."

"그 정도 했으면 됐으니까 그만해라. 개막전이잖아. 공중파로 생중계되고 있다고."

구심이 애써 웃으며 오재운을 다독거렸다. 오재운의 부글거리는 속마음을 모르는 바는 아니지만 대한민국의 미래를 짊어질 한정훈도 신경을 써줄 수밖에 없었다.

어지간한 일에는 표정 변화조차 없는 한정훈이 작심하고 빈볼성 투구를 이어갈 정도면 최준의 빈볼에 상당히 열이 받았다는 소리다.

하지만 당시 베어스 측은 최준을 이용해 벤치 클리어링을 벌이려 했다. 그때 심판으로서 제대로 제지했다면 모르겠지만 이제 와서 한정훈만 나무란다는 건 형평성에 어긋나는 일이었다.

"정훈이한테도 내가 한마디 할 테니까 너도 여기까지만 해."

오재운이 억지로 분을 삼키는 걸 확인한 뒤 구심이 마운드 쪽으로 걸어갔다. 그러자 한정훈이 기다렸다는 듯이 모자를 벗고 고개를 숙였다. 그런데 공교롭게도 그 방향이 오재운이 아닌 구심을 향해 있었다.

"정훈아, 살살 하자."

구심이 멋쩍게 웃으며 자중하라는 사인을 보냈다. 그리고 곧바로 홈 플레이트 쪽으로 몸을 돌렸다. 한정훈이 마지못해 사과하긴 했지만 어느 정도 구색은 갖춘 만큼 이쯤에서 상황을 정리할 생각이었다.

그러자 김태영 감독이 곧바로 더그아웃을 박차고 나왔다.

"지금 뭐하는 겁니까! 한정훈 경고 안 줘요?"

"경고를 줄 정도는 아닙니다."

"재운이를 맞추려고 했잖아요. 눈이 뒤통수에 달렸습니까?"

"재운이가 타석에 너무 붙어 있어서 그렇게 보인 것이지 실제로 그 정도는 아니었습니다."

"허, 지금 한정훈이 편드는 겁니까?"

"편이 아니라 사실을 말씀드리는 겁니다."

"지금 누가 봐도 한정훈 편들어주고 있잖아요! 심판이 이래도 되는 겁니까?"

김태영 감독은 10분이 넘도록 구심을 붙잡고 늘어졌다. 구심이 몇 번이나 알아듣게 설명하고 양해를 구했지만 김태영 감독은 제 할 말만 떠들어 댔다.

상황이 이렇게 되자 스톰즈 벤치도 움직임에 나섰다.

"기완아!"

조인상 코치는 포수 박기완을 벤치로 불렀다. 그리고 한정훈의 컨디션을 확인해 보라고 지시했다.

조인상 코치는 김태영 감독이 한정훈을 흔들기 위해 일부러 시간을 끄는 것이라고 여겼다. 그리고 이럴 때 포수가 해야 하는 게 바로 투수를 진정시키는 것이었다.

"정훈아, 너 괜찮지?"

"네."

"분은 다 풀렸고?"

"그럴 리가요."

"그래도 아까 공은 너무 노골적이었어."

"손에서 빠진 거예요."

"뻥치지 말고."

"진짠데요."

"어쨌든, 너 하고 싶은 대로 해. 뒤는 내가 다 책임질 테니까."

조인상 코치의 주문대로 박기완이 한정훈의 등을 두들겨주고는 마운드에서 내려왔다. 소기의 목적을 달성한 김태영 감독도 구심의 사정에 못이기는 척 더그아웃 쪽으로 몸을 돌렸다.

그렇게 15분이나 지체됐던 경기가 다시 재개되었다.

"후우……."

타석에 들어선 오재운이 천천히 바닥의 흙을 골랐다. 그리고 처음보다 한 발 정도 떨어진 위치에 자리를 잡았다.

만약 김태영 감독이 나서주지 않았다면 오재운은 자존심 때문에라도 홈 플레이트에 바짝 붙어 섰을 것이다. 하지만 어느 정도 시간이 지나 마음이 진정된 지금은 굳이 그럴 필요성을 느끼지 못했다.

아니, 솔직히 말하자면 또다시 한정훈을 도발하는 게 무서워졌다. 내색하진 않았지만 조금 전에 날아들었던 2구는 가슴이 철렁 내려앉을 정도였다. 한정훈에게 덤벼들지 못하고 노려만 봤던 것도 다리에 힘이 풀렸기 때문이었다. 그때의 잔상이 아직도 머릿속을 가득 채우고 있는데 오기를 부렸다간 정말로 큰 사고를 당할 것 같았다.

먼저 항복을 선언한 오재운을 향해 한정훈은 2개의 몸 쪽 공을 추가로 던졌다.

3구는 몸 쪽에서 치솟는 포심 패스트볼.

4구는 2구처럼 날카롭게 꺾이는 커터.

구심의 판정은 모두 볼이었다. 평소처럼 스트라이크존을 교묘하게 걸쳐서 들어오는 공도 아니고 몸 쪽으로 치우친 공이다 보니 고민할 필요조차 없었다.

그렇게 19타자 연속 이어지던 한정훈의 퍼펙트는 깨졌다. 그리고 주장 오재운이 팀을 수렁에서 건진 주인공이 됐다.

하지만 정작 오재운은 마음이 편치 않았다. 3구와 4구를 통해 날아든 한정훈의 경고를 명확하게 깨달았기 때문이다.

'만약 내가 계속해서 몸 쪽으로 붙었다면……'

타격용 장갑을 벗으며 오재운이 고개를 절레절레 흔들어 댔다. 자신과의 기싸움에서 이겨놓고도 한정훈은 굳이 가상의 위협구를 던져 댔다. 앞으로 이런 일이 재발할 경우 결코 가만있지 않겠다는 확실한 의사 표시였다.

그뿐만 아니다. 한정훈은 제 스스로 퍼펙트게임을 날렸다. 아직 노히트 노런이 남아 있는 상태지만 여러 투수가 이뤄낸 노히트 노런과 지금껏 단 한 명도 달성하지 못한 퍼펙트게임의 이름값은 다를 수밖에 없었다. 그런데도 사사구를 내주는데 주저하지 않았다는 건 기록을 의식해 팀원들을 희생시키지 않겠다는 소리였다.

"저 녀석, 성격이 원래 저러냐?"

오재운이 질렸다는 투로 중얼거렸다. 그러자 1루수 황철민이 어색하게 웃었다.

"프로 들어와서 많이 착해진 건데요."

"저게?"

"정훈이 예전부터 좀 그랬어요. 경기 가지고 누가 장난치거나 하면 빡 도는 편이거든요. 그리고……."

"크흠."

괜히 무안해진 오재운이 헛기침을 냈다. 결과적으로 자신이 벤치 클리어링을 조장하려고 해서 벌어진 일이라고 생각하니 더는 할 말이 없었다.

하지만 정작 황철민이 해주고 싶은 이야기는 따로 있었다.

'정훈이 뒤끝 심한데 말이죠…….'

한정훈과 함께 세계 청소년 야구 선수권 대회를 치른 동기들은 한정훈의 집요한 성격을 잘 알고 있었다. 특히나 미국전에서 보여주었던 한정훈의 독한 모습은 전직 메이저리거로 구성된 코칭스태프들조차 혀를 내두르게 만들었다.

카넬라 감독의 지시를 받고 한정훈을 흔들기 위해 제 한 몸 희생했던 존 이브라임은 현재 야구를 그만둔 상태였다. 신성한 국제 대회에서 비신사적인 행동을 한 카넬라 감독이 야구계에서 반강제적으로 추방되면서 카넬라 감독의 총애를 받았던 존 이브라임의 설 자리도 사라져 버린 것이다.

카넬라 감독과 존 이브라임의 결말은 미국 내에서도 자업자득이라는 이야기가 많았다. 한정훈이 선보인 분노의 피칭도 다소 과하긴 했지만 나름 정당했다는 평가가 주를 이뤘다.

하지만 그 과정에서 휘말린 마이크 샌더스에 대해서는 안타깝다는 의견들이 아직까지 이어지고 있었다.

애석하게도 한정훈이 주도한 복수극의 최대 피해자는 카넬라 감독도, 존 이브라임도 아니었다.

바로 마이크 샌더스.

대회를 잘 마무리 지은 뒤 곧바로 메이저리그에 입성할 가능성이 높다고 평가받던 마이크 샌더스는 현재 프로를 포기하고 대학에 진학한 상태였다.

마이크 샌더스의 에이전시는 평소 배움에 대한 열망이 큰 선수를 위해 대학교 진학을 최우선적으로 검토했다고 주장했지만 그 말을 곧이곧대로 믿는 이들은 드물었다. 실제 이유는 한정훈 때문이었다.

세계 청소년 야구 선수권 대회에서 한정훈에게 집요하게 몸 쪽 코스를 공략당한 이후로 인코스 트라우마가 생겨 버렸기 때문이다.

한 방 능력을 갖춘 타자가 몸 쪽 공에 대처하지 못하면 반쪽짜리 선수로 전락할 수밖에 없었다. 대회 이후로도 장타력은 여전했지만 몸 쪽으로 날아드는 공은 제대로 때려내지 못했다. 심리 치료까지 받아봤지만 특별히 호전되지 않았다.

다행히도 샌더스를 담당했던 전문가들은 그가 예전의 기량을 회복할 가능성이 높다고 판단했다. 다만 그 기간을 최소 3년으로 잡았다.

한창때인 야구 선수에게 3년은 어마어마한 시간이었다. 매수된 심판 판정 덕분에 안타 하나 때려낸 것치고는 지나친 처벌을 받은 셈이었다.

'샌더스가 안타 하나 때리고 세 타석 연속 삼진을 당했다는 걸 재운 선배는 알까?'

황철민은 턱 끝까지 치밀었던 말을 되삼켰다. 만약 앞으로 한 명만 더 주자가 나간다면 오재운은 9회 말, 마지막 타자로 타석에 들어서야 했다.

'재운 선배 입장에서는 뛰다 죽는 편이 나을지도 모르지.'

황철민은 오재운이 차라리 도루를 시도하는 게 낫다고 여겼다. 하지만 베어스 벤치에서는 별다른 사인이 나오지 않았다. 오재운도 반쯤은 정신이 나간 터라 뛸 엄두를 내지 못했다.

그사이 한정훈은 3번 민병훈을 삼진으로 돌려세웠다.

오재운의 타석을 코앞에서 지켜본 민병훈은 혹시라도 자신에게 빈볼이 날아들까 봐 평소보다 한 발 뒤에서 타격 자세를 잡았다. 출루도 좋지만 큰 점수 차로 벌어진 개막전부터 곤욕을 치르고 싶은 마음은 없었다.

박기완은 자연스럽게 바깥쪽 공을 요구했다. 한정훈도 침착하게 공 3개를 바깥쪽 스트라이크존에 꽂아 넣었다.

민병훈에 이어 등장한 4번 타자 토니 핸드릭도 삼진으로 물러났다. 작년부터 유독 한정훈에게 약한 모습을 보였던 토니 핸드릭은 제대로 된 타이밍에 방망이를 휘두르지 못했다. 특히나 마지막에 한가운데로 들어온 너클 커브를 놓치고는 분을 참지 못하고 거칠게 헬멧을 내던졌다.

7회 초 스톰즈 공격만큼이나 7회 말 베어스 공격도 아쉽게 끝이 났다. 그리고 8회가 시작됐다.

"후우……."

김태영 감독에게 눈도장을 받은 정덕훈은 8회에도 마운드에 올랐다.

선두 타자는 작년 시즌 18개의 홈런을 때려내며 새로운 거포 포수로 떠오른 박기완. 최준의 영입으로 타순이 8번까지 밀렸지만 다른 팀 8번 타자들과는 느낌부터 달랐다.

오늘 성적은 3타수 1안타 1홈런 1타점 1사사구.

바로 전 타석에서 솔로 홈런을 때려낸 만큼 정면 승부는 쉽지 않은 상황이었다.

'유인구로 맞춰 잡자.'

강의지는 사전에 논의한 대로 철저하게 바깥쪽으로 승부를 걸었다. 정덕훈도 강의지의 사인대로 슬라이더, 커브, 체인지업을 차례로 던지며 박기완의 방망이를 끌어냈다.

박기완은 바깥쪽 스트라이크존을 살짝 벗어나는 슬라이더를 지켜본 뒤 커브와 체인지업을 때려 연속 파울 타구를 만들어냈다.

볼카운트 투 스트라이크 원 볼.

'이제 포크 볼인가?'

박기완은 방망이를 꼭 움켜잡았다. 포수인 만큼 결정구가 들어올 상황이라고 확신했다.

박기완의 예상대로 정덕훈-강의지 배터리는 포크 볼을 선택했다. 하지만 이번에도 코스는 바깥쪽으로 떨어지는 볼이었다.

몸 쪽 공을 기다렸던 박기완은 타이밍을 맞추지 못하고 헛스윙 삼진으로 물러났다. 뒤이어 타석에 들어선 서건혁도 마찬가지. 6구까지 승부를 끌고 갔지만 결국 몸 쪽으로 떨어지는 포크 볼에 당하고 말았다.

정덕훈이 두 타자를 연속 삼진으로 잡아내자 강의지가 슬쩍 더그아웃을 바라봤다.

정덕훈은 6회 2사 후에 등판했다. 당초 역할이 최대 2이닝을 막아주는 추격조인 만큼 이제는 바꿔줄 때가 됐다고 여겼다.

그러나 김태영 감독은 별다른 지시를 내리지 않았다. 남은 아웃 카운트 4개를 정덕훈에게 전부 맡길 생각인 모양이었다.

'상위 타순이라 쉽지 않을 텐데.'

살짝 미간을 찌푸리던 강의지의 왼쪽 시야로 공형빈이 들어왔다.

오늘 경기 4타수 2안타 1사사구 2득점.

1회 이후로 안타를 때려내지 못하고 있지만 스톰즈의 공격 첨병 노릇을 톡톡히 해주고 있었다.

무엇보다 공형빈은 정덕훈처럼 제구력이 좋은 투수들에게 강했다. 배트 컨트롤이 좋아 코스에 들어오는 공은 툭툭 맞춰내는 재주를 가졌다.

앞선 두 타자를 삼진으로 잡아냈다고 해도 무턱대고 승부를 걸기에는 위험한 상황이었다.

'일단 공형빈은 최대한 어렵게 가자.'

홈 플레이트 앞에 나아가 야수들에게 번트에 대비하라는 주문을 한 뒤 강의지는 정덕훈에게 몸 쪽 깊숙이 파고드는 슬라이더를 요구했다.

후웅!

정덕훈은 강의지의 주문대로 슬라이더를 내던졌다. 구속은 130㎞/h 초반에 그쳤지만 코스가 좋아 공형빈도 쉽게 방망이를 내밀지 못했다.

원 볼 상황에서 강의지가 낸 사인은 몸 쪽으로 떨어지는 포크 볼.

공형빈의 방망이를 끌어내 파울을 유도할 생각이었다.

"후우……."

크게 심호흡을 한 뒤에 정덕훈이 몸 쪽으로 떨어지는 기가 막힌 포크 볼을 던졌다. 전지훈련을 통해 변화구 대처 능력을 끌어올린 공형빈이 방망이를 휘둘렀지만 타구는 힘없이 1루수 앞으로 굴러가고 말았다.

1루수 오재운이 손쉽게 타구를 잡고 1루를 밟았다.

쓰리 아웃.

세 타자를 삼진 2개와 땅볼로 돌려세운 정덕훈이 활짝 웃으며 더그아웃 쪽으로 몸을 돌렸다.

그 모습을 지켜보던 베어스 팬들은 격려의 박수를 아끼지 않았다.

"정덕훈이라고 했지? 공 좀 던지는데?"

"나 쟤 아는데 이번에 구단에서 선발로 키우려는 모양이더라고."

"공 던지는 건 완전 유희완 판박이인데?"

"좋아, 좋아. 이대로만 커라!"

경기 결과를 뒤집긴 불가능해 보였지만 정덕훈의 등장은 베어스 팬들에게 작은 위안이 되었다.

TV 중계를 통해 경기를 시청하고 있는 팬들도 반색을 감추지 못했다.

└정덕훈, 고교 시절에는 한정훈 못지않은 기대주였다.

└정덕훈에게 150㎞/h대 패스트볼만 있었더라도 지금쯤 한정훈하고 리그 씹어 먹고 있을 듯.

└구속은 좀 떨어지지만 무브먼트는 확실히 좋아 보이는데.

└좌완 메리트도 크잖아. 당장은 무리겠지만 한 1, 2년 잘 키우면 한정훈급 정도는 될지도 모르지.

일부 베어스 팬은 정덕훈에 대한 기대감을 높였다. 160㎞/h의 불같은 강속구를 던지는 한정훈과 직접적으로 비교하는 건 무리였지만 구속이 느리다고 해서 좋은 성적을 내지 말라는 법은 없었다.

실제로 베어스의 에이스로 불리는 유희완은 패스트볼 구

속이 130㎞/h 중반에 불과했다. 평균 구속은 130㎞/h 초반 수준. 이 정도 구속으로는 프로 선수들을 상대하기가 쉽지 않아 보였다.

그러나 유희완은 구속이라는 약점을 상회하는 빼어난 제구와 영리한 투구로 6년 연속 10승 이상을 거두었다. 특히나 포크 볼을 장착한 최근 3년 동안 총 50승을 챙기며 리그 최고의 좌완 투수 중 한 명으로 군림하고 있었다.

이런 유희완과 비교했을 때 정덕훈의 성장 가능성은 충분했다. 체격 조건은 물론 최고 구속도 유희완보다 나았다. 기대만큼만 커준다면 선발 20승도 불가능해 보이지 않았다. 그리고 정말로 선발 20승을 해낸다면 한정훈이라는 이름에 견줄 정도는 될 것 같았다.

–정덕훈 선수, 오늘 좋은 피칭을 선보이고 있는데요. 이용헌 해설위원이 보시기에는 어떻습니까?

–좋은 투수입니다. 일단 공을 던질 줄 알고 제구도 수준급이네요.

–패스트볼 최고 구속이 140㎞/h에 미치지 못하는데요.

–공이 빠르다고 해서 무조건 좋은 투수는 아니니까요. 실례로 같은 팀의 유희완 선수가 있으니까요. 좋은 본보기가 되겠죠.

–그렇다면 올해 정덕훈 선수를 주목해도 되는 겁니까?

권성우 캐스터가 단도직입적으로 물었다. 작년, 한정훈의 개막전 등판 이후 한정훈을 올 시즌 주목해야 할 투수로 선언했던 만큼 이용헌 해설위원의 속내가 궁금해진 것이다.

그러나 이용헌 해설위원은 웃음으로 대답을 대신했다. 정덕훈의 피칭이 안정적이긴 했지만 그렇다고 작년 리그를 씹어 먹다시피 한 한정훈처럼 강인한 인상을 심어준 것은 결코 아니었다.

그사이 마운드에 한정훈이 올라왔다.

－8회 말 베어스의 선두 타자는 5번 타자 요한 몬카다 선수입니다.

－오늘 베어스의 선발로 등판했던 루카스 지울리터 선수만큼이나 주목을 받았던 선수입니다.

－앞선 타석에서는 3루수 땅볼과 포수 파울 플라이로 물러났는데요.

－그래도 베어스 타자 중에서는 가장 끈질긴 모습을 보여줬습니다. 게다가 어느 정도 한정훈 선수의 공에 적응을 한 만큼 어떤 결과를 보여줄지 기대가 됩니다.

정덕훈의 깜짝 피칭에 잠시 들떴던 관중석이 다시 조용해졌다.

노히트 노런까지 남은 아웃 카운트는 6개.

베어스 팬들은 루카스 지울리터처럼 200만 달러의 거금을 받고 온 요한 몬카다가 뭔가 해주기를 바랐다.

요한 몬카다도 방망이를 힘껏 움켜쥔 채로 한정훈을 매섭게 노려보았다. 하지만 고작 그 정도 독기로는 한정훈의 공을 제대로 쳐 내기 어려웠다.

퍼엉!

초구는 바깥쪽에 꽉 찬 포심 패스트볼.

전광판 구속은 158㎞/h가 찍혔다.

"젠장! 전혀 줄지 않았잖아."

1회와 변함없는 구속 앞에 요한 몬카다가 혀를 내둘렀다. 8회인 만큼 어쩌면 한정훈에게 체력적인 한계가 찾아올지 모른다는 기대가 순식간에 물거품처럼 사라지는 기분이었다.

잠시 숨을 고른 뒤 요한 몬카다가 홈 플레이트 쪽으로 살짝 붙어 섰다. 도저히 칠 엄두가 나지 않는 바깥쪽 코스에 대응하기 위해서였다.

그러자 한정훈이 기다렸다는 듯이 2구째 몸 쪽을 날카롭게 파고드는 커터를 내던졌다. 요한 몬카다가 다급히 방망이를 휘둘러봤지만 방망이의 중심에 맞추지 못했다. 오히려 파울 타구에 허벅지를 얻어맞으며 한참 동안 끙끙거려야 했다.

투 스트라이크.

투수에게 절대적으로 유리한 볼카운트 앞에 요한 몬카다

가 할 수 있는 건 많지 않았다.

'몸 쪽. 몸 쪽을 노리자.'

타석에 한 발을 걸친 채 숨을 고르던 요한 몬카다가 이내 바깥쪽 코스를 머릿속에서 지워 버렸다. 바깥쪽으로 들어온 초구는 타이밍조차 잡지 못했다. 반면 몸 쪽으로 들어온 2구는 어떻게든 반응을 했다.

'제발 몸 쪽으로 던져라.'

방망이를 추켜세우며 요한 몬카다가 속으로 주문을 외웠다. 그런 바람이 전해진 것일까.

후아앗!

한정훈의 손끝을 빠져나간 공이 곧장 요한 몬카다의 몸 쪽으로 날아들었다.

'왔다!'

요한 몬카다는 기다렸다는 듯이 방망이를 휘돌렸다. 하지만 공은 마지막 순간에 살짝 가라앉으며 요한 몬카다의 스윙을 아슬아슬하게 피해버렸다.

퍼엉!

묵직한 포구 소리와 함께 요한 몬카다의 얼굴에 잔 경련이 일었다.

"스트라이크, 아웃!"

그렇게 또 다른 200만 달러의 사나이가 고개를 숙이고 더그아웃으로 향했다.

─요한 몬카다 선수, 삼진입니다.

─이번에도 한정훈 선수, 스플리터가 제대로 먹혔네요.

─요한 몬카다 선수까지 삼진으로 잡아내면서 한정훈 선수 베어스 선발 타자 전원에게 탈삼진을 기록합니다.

─어쨌든 베어스 구단 입장에서는 속이 좀 쓰릴 것 같네요. 아직 첫 경기이긴 하지만 몸값 200만 달러 듀오로 관심을 모았던 루카스 지울리터 선수와 요한 몬카다 선수가 나란히 부진한 모습을 보이고 있는데요.

─아무래도 한국에 적응하는 시간이 필요하지 않을까요?

─베어스 구단이 올 시즌 리그 우승을 노리는 걸 감안한다면 두 선수 모두 최대한 빨리 적응을 끝내야 할 것 같습니다.

노히트 노런까지 아웃 카운트가 5개로 줄어들었다. 그러나 중계진은 약속이나 한 것처럼 노히트 노런에 대해서는 입도 뻥끗 하지 않았다.

그사이 타석에 6번 타자 강의지가 들어왔다.

2015년을 기점으로 국내 리그를 대표하는 공격형 포수로 이름을 높이고 있지만 애석하게도 앞선 두 타석에서는 한정훈의 공을 제대로 공략해 내지 못했다.

2회에는 4구째 바깥쪽으로 휘어져 나가는 커터를 참아내지 못하고 헛스윙 삼진을 당했다. 5회 때는 초구를 어설프게 건드렸다가 유격수 땅볼로 물러났다.

'어떻게든 쳐야 하는데…….'

세 번째 타석에 들어선 강의지는 머릿속이 복잡했다. 한정훈이 오재운을 내보내면서 퍼펙트게임은 깨졌지만 노히트 노런은 아직 유효한 상황이었다.

하지만 오재운처럼 빈볼을 각오하고 홈 플레이트에 바짝 붙어 설 용기는 없었다.

'눈에 들어오면 일단 휘두르자.'

마른침을 꿀꺽 삼키며 강의지가 한정훈의 초구를 기다렸다. 그 순간.

후아앗!

한정훈의 손끝을 빠져나간 공이 곧바로 강의지의 무릎 쪽으로 파고들었다.

"으앗!"

깜짝 놀란 강의지가 그대로 엉덩방아를 찧었다. 설마하니 이 타이밍에 위협구가 날아들 것이라고는 생각지 못한 것이다.

그러나 한정훈의 입장에서는 당연한 복수였다.

이제 막 1군에 온 신인급 투수가 자청해서 국내 리그 최고의 야수 중 한 명으로 꼽히는 최준을 맞출 리는 없었다. 분위기를 조장한 누군가가 있을 것이고 정덕훈에게 지시한 누군가가 있을 터였다.

한정훈은 그 두 당사자를 오재운과 강의지로 보았다. 그래서 박기완에게 사전에 언질을 해둔 상태였다.

"저거…… 손에서 빠진 거지?"

엉덩이를 털고 타석으로 돌아온 강의지가 박기완을 바라봤다. 만약 박기완이 실투라고 말한다면 한 번쯤 웃어넘길 생각이었다.

그러나 박기완의 대답은 강의지의 예상을 빗나갔다.

"제가 몸 쪽 사인 냈는데요."

박기완이 퉁명스럽게 대답했다. 너무도 당당하게 위협구를 요구했다고 밝힌 것이다.

"야, 진짜 고의로 맞춘 거 아니라니까."

강의지가 억울하다는 표정을 지었다. 몸 쪽에 바짝 붙여 넣으라는 사인을 내긴 했지만 최준을 맞출 의도는 없었다. 그건 어디까지나 실수였다. 물론 그 과정에서 벤치 클리어링으로 끌고 가려 했던 건 변명의 여지가 없었다. 하지만 상황은 잘 풀렸고 벤치 클리어링도 일어나지 않았다. 이미 지난 일을 가지고 몇 번이고 우려먹는 건 당하는 입장에서도 기분이 좋을 리 없었다.

그러나 박기완의 상황 해석은 달랐다.

"정훈이는 아직 아무도 맞추지 않았는데요."

최준의 복수를 위해 한정훈은 스스로 퍼펙트게임까지 깨가며 악역을 자처하고 있었다. 게다가 아직 베어스 타자 중 누구도 최준처럼 공에 얻어맞지 않았다. 이런 상황에서 고작 몸 쪽에 붙은 위협구를 던졌다고 민감하게 반응하는 건 빈볼을 사주했다고 자인하는 꼴밖에 되지 않았다.

"와 진짜……."

뭐라고 따지려던 강의지가 이내 입술을 깨물었다. 서로 감정이 상한 상태에서 더 떠들어 봐야 의미가 없을 것 같았다.

대신 강의지는 타석에서 조금 더 물러서는 것으로 자신의 억울함을 항변했다. 대표팀에서 한솥밥을 먹은 한정훈와 이런 식으로 불편해지느니 차라리 삼진을 당하는 게 낫다고 판단한 것이다.

그러자 박기완도 적당히 빠지는 위협구로 사인을 변경했다. 강의지가 전의를 상실한 이상 무리해서 빈볼성 공을 던질 필요는 없다고 판단한 것이다.

펑!

펑!

펑!

한정훈이 힘껏 던진 공들이 강의지의 몸 쪽을 매섭게 파고들었다. 만약 강의지가 오재운처럼 홈 플레이트에 바짝 붙어 섰다면 피하느라 진땀을 빼야 했을 정도였다.

하지만 일찌감치 싸움을 피한 덕분에 강의지는 베어스 타자 중 두 번째로 1루를 밟을 수 있었다.

─4구째도 볼입니다. 한정훈 선수. 강의지 선수를 스트레

이트 볼넷으로 1루에 내보냅니다.

-살짝…… 제구가 흐트러진 것 같은 느낌이네요.

-요한 몬카다 선수를 3구 삼진으로 돌려세울 때까지만 하더라도 제구는 완벽했는데 말이죠.

-하하. 한정훈 선수도 인간인데 매번 완벽하게 공을 던지기란 어려운 일이겠지요. 어쩌면 손에 살짝 물집이 잡혔는지도 모르고요.

오재운에 이어 강의지까지 보복성 볼넷으로 내보내자 이용헌 해설위원은 자신도 모르게 진땀을 흘러댔다. 어지간한 야구팬들이라면 한정훈이 최준의 복수를 위해 위협구를 던졌고 강의지가 그 싸움을 피했다는 사실을 눈치챘을 것이다.

하지만 그런 추측성 상황을 해설위원이 진실인 양 떠들어댈 수는 없는 일이었다.

1루로 걸어 나간 강의지의 자리에 7번 타자 박건호가 들어섰다.

-박건호 선수. 평소보다 조금 떨어져서 타석에 들어섰는데요.

박건호의 타격 위치를 확인한 권성우 캐스터가 이용헌 해설위원을 바라봤다. 그러자 이용헌 해설위원이 어색하게 웃으며 말을 돌렸다.

─사실 한정훈 선수가 작년에는 지나치게 깔끔한 피칭을 했습니다. 투구 분석표를 살펴보니까 스트라이크존을 크게 벗어나는 공을 찾아보기 어려울 정도였거든요.

─지난 시즌 한정훈 선수가 기록한 사사구는 30개밖에 되지 않았으니까요.

─네, 그래서 타자들이 홈 플레이트에 바짝 붙어서는 경향이 없지 않았습니다.

─한정훈 선수라면 몸에 맞추지는 않을 것이라는 안도감이 들어서였을까요?

─한정훈 선수를 압박하기 위한 방법이었겠지만 확실히 그런 요인도 크게 작용했다고 봅니다.

─그런데 오늘 한정훈 선수가 두 차례, 제구가 크게 흔들렸는데요.

─맞습니다. 고의든 그렇지 않든 간에 한정훈 선수가 마음만 먹으면 얼마든지 위협적인 공을 던질 수 있다는 걸 보여줬거든요. 그러니까 타자들도 그 공을 염두에 두지 않을 수가 없겠죠.

─결론은 오늘도 한정훈 선수는 대단하다, 로 끝나는 분위기인데요.

─하하. 그것보다 한정훈 선수도 조금 터프해질 필요가 있

다는 생각을 말씀드리는 겁니다. 투수가 너무 샌님 같아도 타자들이 만만하게 보니까요.

이용헌 해설위원은 자신의 생각을 곁들여 한정훈을 옹호했다. 그리고 한정훈이 메이저리그에서 성공하기 위해서라도 어느 정도는 지저분해질 필요가 있다고 여겼다.

앞선 강의지의 타석 때문에 박건호는 제대로 방망이조차 내밀지 못하고 스탠딩 삼진으로 물러났다. 8번 타자 허경인도 마찬가지. 슬그머니 타석에 붙어 섰다가 한정훈이 내던진 위협구에 식겁한 뒤로는 타석의 정중앙으로 냉큼 물러났다.

도망치는 타자들을 상대로 박기완은 무리해서 위협구를 요구하지 않았다. 철저하게 바깥쪽 공을 요구해 손쉽게 삼진을 낚아냈다.

애당초 한정훈의 살생부에 이름을 올린 건 넷이었다. 주장인 오재운과 주전 포수 강의지, 그리고 베어스의 타순을 이끌고 있는 1번 정수민과 3번 민병훈. 이들 네 명 중 오재운과 강의지가 최종적인 목표가 되었다. 그 외에 타자는 솔직히 맞춰봐야 큰 의미가 없었다.

그렇게 8회 말 공격이 끝났다. 사사구 1개와 삼진 3개. 경기 결과만 놓고 본다면 앞서 던진 정덕훈의 피칭이 조금 더 나아 보였다.

그러나 침묵에 빠진 서울 야구장의 관중들이 기억하는 건 베어스 타자들을 철저하게 농락하는 한정훈의 일방적인 피칭뿐이었다.

"덕훈아, 잘 하고 있으니까 긴장하지 말고. 알았지?"

한영덕 투수 코치가 바짝 얼어붙은 정덕훈의 등을 두드렸다. 이글스의 레전드 투수로 꼽히는 한영덕 투수 코치에게도 한정훈은 부담스러울 만큼 잘하는 후배였다. 하물며 한정훈보다 2년 먼저 프로 무대에 들어온 정덕훈이 느낄 부담감은 엄청날 수밖에 없었다.

"8회처럼만 던지자. 알았지?"

강의지도 마운드에 오르는 정덕훈을 뒤쫓아 가 격려의 말을 건넸다. 투수로서 한정훈을 의식하는 것까진 어쩔 수 없겠지만 적어도 자신의 피칭만큼은 유지해 주길 바랐다.

정덕훈은 힘으로 타자들을 찍어 누르는 한정훈과는 정반대의 투수였다. 타자들이 칠 수 있을 만한 공을 조금씩 비틀어 던져서 정타를 피하고 범타를 유도해 내는 유형이었다. 이런 투수가 어깨에 힘이 들어가면, 타자들의 먹잇감으로 전락하기 십상이었다.

"후우……."

마운드에 오른 정덕훈도 마음을 다잡으려 노력했다. 어지간한 재능의 차이는 노력으로 충분히 극복해 낼 수 있다는 게 그의 야구 신조였지만 한정훈만큼은 도저히 따라잡을 엄두가 나지 않았다.

차라리 한정훈이 루카스 지울리터처럼 어마어마한 체격을 가지고 있었다면 그러려니 했을 것이다. 하지만 정작 체격 조건은 자신과 별반 차이가 없었다. 그런데도 한정훈은 160 km/h가 넘는 불같은 강속구를 내던졌다. 그리고 고작 몸 쪽에 위협구 몇 개 던진 것만으로 타자들을 지레 겁먹게 만들어버렸다.

'부러워하지 말자. 부러우면 지는 거야.'

정덕훈은 다시 숨을 골랐다. 지난 2년여간 고생한 끝에 1군에 올라왔는데 여기서 흔들릴 수는 없는 일이었다.

'의지 선배님만 믿고 한 타자씩 차분하게 상대하자.'

겨우 마음을 다잡은 정덕훈의 앞으로 2번 타자 에릭 나가 들어왔다. 첫 타석에서 루카스 지울리터를 상대로 3루타를 때려내긴 했지만 앞서 상대한 공형빈만큼 위협적인 타자는 아니었다.

강의지도 에릭 나를 상대로는 보다 공격적인 리드를 선택했다.

초구는 바깥쪽에 걸치는 슬라이더.

2구는 몸 쪽 높은 코스의 커브.

강의지의 요구대로 정덕훈은 정확하게 공을 던졌다. 거기에 판정 운도 따랐다. 2구째는 다소 높았지만 스트라이크존을 통과했다고 인정받은 것이다.

덕분에 볼카운트는 순식간에 투 스트라이크가 됐다.

'오래 끌 것 없겠지.'

궁지에 몰린 에릭 나를 상대로 강의지는 정덕훈의 주 무기인 포크 볼을 요구했다.

정덕훈은 거의 정중앙으로 공을 내던졌다. 에릭 나도 실투라고 여기고 지체 없이 방망이를 휘둘렀다.

하지만 마지막 순간 뚝 하고 떨어진 공은 에릭 나의 방망이가 닿기도 전에 홈 플레이트를 때려 버렸다.

팟! 탁!

바운드 된 공이 강의지의 어깨를 때리고 위로 튕겨 올랐다.

그것을 확인한 에릭 나가 방망이를 내던지고 1루를 향해 재빨리 내달렸다.

하지만 경험 많은 강의지는 잃어버린 공을 금세 되찾았다.

그리고 공을 손에 쥐기가 무섭게 곧장 1루를 향해 공을 내던졌다.

퍼엉!

송구가 살짝 빠졌지만 1루수 오재운이 팔을 쭉 뻗어 잡아냈다.

에릭 나가 헤드 퍼스트 슬라이딩까지 감행했지만 결과를 바꾸지는 못했다.

"아웃!"

1루심의 콜을 확인한 정덕훈이 무겁게 한숨을 내쉬었다.

투 스트라이크를 잡아놓고 결정구를 던졌는데 아웃 카운

트 하나 잡아내는 게 쉽지가 않았다.

이게 맞춰 잡는 투구의 한계라고 생각하니 왠지 모르게 힘이 빠지는 기분이었다.

그러나 지금은 쓸데없이 자격지심에 빠져 있을 때가 아니었다.

"덕훈아! 집중해!"

강의지가 손가락 하나를 펴 보이며 소리쳤다.

"네, 선배님."

정덕훈도 애써 아쉬움을 삼켰다.

그리고 착잡한 마음을 다잡듯 로진 백을 매만졌다.

'이제부터 중심 타선이야.'

정덕훈의 시선이 자연스럽게 전광판 쪽으로 향했다.

3 7 마르티네

4 D 최준

5 8 피터슨

6 3 황철민

7 5 김주현

3번부터 7번까지 한 방 능력을 갖춘 타자들이 줄을 잇고 있었다.

앞선 이닝에서는 운 좋게 불발탄에 그쳤지만 언제 어디서

터질지 알 수가 없었다.

정신을 바짝 차리지 않으면 폭발과 함께 선발 기회마저 날아가 버릴지도 몰랐다.

'마르티네즈는 어떻게든 잡아내야 해.'

정덕훈이 길게 숨을 골랐다.

쉽진 않겠지만 루데스 마르티네즈마저 범타로 돌려세운다면 홈 팬들에게도 어느 정도 인정을 받을 수 있을 것 같았다.

루데스 마르티네즈를 잡아낼 방법도 어느 정도 계산이 섰다.

작 피터슨을 상대했을 때처럼 포크 볼을 보여준 뒤 서클체인지업을 던진다면 괜찮은 결과로 이어질 것 같았다.

하지만 애석하게도 루데스 마르티네즈를 희생양으로 삼아 가치를 인정받겠다는 정덕훈의 계획은 수포로 돌아가고 말았다.

루데스 마르티네즈를 대신해 대타 이영기가 타석에 들어선 것이다.

ー대타 이영기 선수입니다.

ー작년 한 해 스톰즈의 중견수로 뛰었던 선수죠?

ー타율은 좀 낮았지만 건실한 수비 능력과 주루 능력을 보여줬던 선수로 기억하고 있는데요.

ー맞습니다. 올 시즌에는 작 피터슨 선수에게 자리를 내어

줬지만 수비 능력이 좋은 만큼 오늘 경기처럼 점수 차이가 나는 경기에서는 후반에 대수비로 내보내도 제 몫을 충분히 해낼 겁니다.

─베어스의 정덕훈 선수 입장에서도 나쁘지 않은 교체 같은데요.

─하하. 아무래도 루데스 마르티네즈 선수보다는 이영기 선수를 상대하는 게 장타에 대한 부담은 적을 것 같네요.

해설진은 정덕훈이 이영기를 내심 반길 것이라고 전망했다.

그러나 정작 정덕훈의 표정은 똥 씹은 것처럼 굳어져 있었다.

'대타가 고작 이영기라니.'

작년 트레이드를 통해 스톰즈로 온 이영기는 프로 3년 차 선수다.

작년 한 해 스톰즈의 주전으로 활약하긴 했지만 그건 어디까지나 운이 따른 결과였다.

순수 실력만 놓고 보자면 퓨처스 리그에서도 자리를 잡기 어려워 보였다.

그런데 다른 타자도 아닌 이영기가 루데스 마르티네즈를 대신해 대타로 나왔으니 정덕훈은 김이 새다 못해 괜히 기분이 나빠졌다.

자신을 상대로 이영기의 타격감을 조율하겠다는 스톰즈 더그아웃의 속내가 훤히 보인 탓이었다.

'삼진으로 잡아낸다.'

이를 빠득 깨물며 정덕훈이 투수판을 밟았다. 이영기도 반사적으로 방망이를 힘껏 움켜쥐었다.

강의지는 초구로 몸 쪽에 붙는 포심 패스트볼을 주문했다.

루데스 마르티네즈였다면 결코 나올 수 없는 사인이겠지만 상대가 이영기인 만큼 공격적으로 나가도 상관없다고 판단했다.

정덕훈은 기다렸다는 듯이 고개를 끄덕거렸다.

그리고 포심 패스트볼 그립을 단단히 움켜쥔 뒤에 이영기의 몸 쪽을 향해 힘껏 내던졌다.

펑!

낮게 깔린 공이 절묘하게 홈 플레이트를 걸치고 강의지의 미트 속으로 빨려 들어갔다.

원 스트라이크.

바깥쪽 변화구를 노렸던지 이영기는 그대로 공을 흘려 버렸다.

'다시 한 번 가자.'

강의지는 2구 역시 몸 쪽 포심 패스트볼을 요구했다.

정덕훈처럼 구위보다는 제구로 승부를 거는 투수가 가장 피해야 하는 게 같은 코스에 같은 구종을 연속으로 던지는 것이었지만 강의지는 그 점을 역으로 파고들었다.

정덕훈은 군말 없이 강의지의 미트를 향해 공을 던졌다.

다른 선수도 아니고 고작 이영기를 상대로 도망가는 피칭을 하고 싶은 마음은 추호도 없었다.

후앗!

또다시 몸 쪽에 꽉 찬 포심 패스트볼이 들어오자 이영기도 방망이를 내밀었다.

하지만 방망이 안쪽에 맞은 타구는 곧바로 1루 라인 밖으로 굴러 나갔다.

느린 구속을 상쇄할 만큼 좋은 정덕훈의 무브먼트를 이겨 내지 못한 것이다.

"후우……."

무겁게 한숨을 내쉬는 이영기의 얼굴에 조급함이 번졌다.

대타로 나선 만큼 뭔가 보여줘야 한다는 생각 때문인지 호흡마저 흔들리고 있었다.

이영기를 힐끔 바라본 강의지는 3구에서 승부를 보기로 마음먹었다.

코스는 몸 쪽. 구종은 포크 볼.

사인을 확인한 정덕훈이 씩 하고 웃었다.

볼카운트가 몰린 이영기라면 자신의 포크 볼을 두고 보지 못할 것이라고 확신했다.

그리고 그 확신은 현실이 되었다.

후웅!

이영기가 있는 힘껏 방망이를 휘돌렸지만 뚝 떨어진 공과는 큰 차이를 보이며 허공을 가르고 말았다.

"스트라이크, 아웃!"

정덕훈이 힘껏 주먹을 움켜쥐었다.

이제 잡아내야 할 아웃 카운트는 하나뿐이었다.

공교롭게도 그 상대는 최준이었다.

혹시나 대타를 쓰지 않을까 싶었지만 대기 타석에 서서 타이밍을 맞추던 최준은 아무렇지도 않게 타석에 들어왔다.

"빈볼은 잊어버리고 편하게 던져. 알았지?"

강의지가 마운드로 올라와 정덕훈을 다독였다.

혹시라도 직전 타석 때 나왔던 빈볼 때문에 위축되지는 않을까 걱정한 것이다.

하지만 정작 정덕훈은 이영기를 삼진으로 잡아내면서 자신감을 되찾은 상태였다.

그것도 지나칠 정도로 말이다.

"저는 선배님 미트만 보고 던지겠습니다."

정덕훈이 벌겋게 상기된 얼굴로 말했다.

강의지가 대놓고 최준을 맞추라 한다면 군말 없이 빈볼을 던질 기세였다.

"너무 흥분하지 말고. 침착하게. 아웃 카운트 하나 남았다."

정덕훈의 어깨를 두드린 뒤 강의지가 포수석으로 돌아왔다. 그리고 초구로 바깥쪽에 걸치듯 들어오는 슬라이더를 요구했다.

퍼엉!

정덕훈이 내던진 공이 정확하게 바깥쪽을 타고 들어왔다.

"스트라이크!"

잠시 망설이던 구심이 스트라이크 콜을 외쳤다.

최준이 조금 멀지 않았냐며 구심을 바라봤지만 판정은 번복되지 않았다.

강의지는 2구째 바깥쪽 높은 커브를 요구했다.

운 좋게 스트라이크존에 걸쳐 들어오면 좋겠지만 빠져나가도 상관없었다.

어차피 3구째 던질 포크 볼을 위한 목적구였다.

최준이 어지간해서는 바깥쪽 커브를 건드리지 않는다는 것도 한몫 거들었다.

사인을 확인한 정덕훈은 좌투수의 이점을 살려 홈 플레이트를 걸쳐 들어가는 커브를 던졌다.

살짝 높은 감이 없지 않았지만 구심은 한참 만에 스트라이크를 선언했다.

최준의 입가로 쓴웃음이 번졌다.

160km/h를 넘나드는 강속구도 아니고 신인급 투수가 내던진 변화구를 지켜만 보다 투 스트라이크에 몰린 건 참 오랜만이었다.

하지만 최준은 당황하지 않았다.

이 상황에서 정덕훈이 던질 공은 포크 볼뿐이라고 확신

했다.

최준의 예상대로 강의지는 포크 볼을 요구했다.

단, 스트라이크 코스가 아니라 몸 쪽으로 떨어지는 볼을 주문했다.

오늘 정덕훈의 포크 볼이 좋긴 했지만 첫 타석부터 홈런을 때려낼 정도로 타격감이 좋은 최준에게 어정쩡한 코스는 위험하다고 판단했다.

'덕훈이가 제대로 공을 떨어뜨려 준다면 삼진으로 돌려세울 수도 있어.'

강의지는 3이닝 넘게 고생하고 있는 정덕훈의 깔끔한 마무리까지 염두에 두었다.

그러나 정작 정덕훈은 강의지가 자신의 포크 볼을 믿지 못한다고 오해했다.

'제아무리 최준이라 해도 제대로만 떨어진다면 쉽게 못 쳐!'

포크 볼 그립을 쥔 뒤 정덕훈은 강의지의 미트보다 조금 더 위쪽으로 타깃을 잡았다.

그리고 전력을 다해 공을 던졌다.

후앗!

패스트볼처럼 날아들던 공이 마지막 순간 변화를 일으키며 뚝 하고 떨어졌다.

하지만 그 공은 강의지가 쭉 내민 미트 속에 빨려 들어가지 못했다.

따악!

기다렸다는 듯이 최준이 휘둘러낸 방망이가 그대로 공을 집어삼켜 버린 것이다.

―큽니다! 쭉쭉 뻗어 날아갑니다.

―하아. 제대로 걸렸네요.

―좌익수 뒤로! 좌익수 뒤로! 담장 밖으로! 넘어갑니다!

빈볼에 대한 앙갚음이라도 하듯 최준이 때려낸 타구가 그대로 펜스를 훌쩍 넘겨 버렸다.

오늘 경기의 두 번째 홈런.

경기 MVP 경쟁에서 저만치 앞서가던 한정훈의 뒤를 바짝 쫓는 추격의 한 방이었다.

최준이 환호성을 내지르며 그라운드를 돌았다.

반면 자만하다 홈런을 허용한 정덕훈은 좀처럼 정신을 차리지 못했다.

"덕훈아, 고생했다."

결국 한영덕 투수 코치가 마운드에 올라와 공을 건네받았다.

3이닝 1피안타 1피홈런 1실점.

1군 첫 경기 치고는 나쁘지 않은 성적이었지만 더그아웃으로 돌아가는 정덕훈은 끝내 고개를 들지 못했다.

정덕훈에 이어 마운드에 오른 마무리투수 이현성은 작 피터슨을 중견수 플라이로 유도하고 이닝을 끝마쳤다.

점수는 14 대 0.

9회 말 마지막 공격이 남은 상황에서 따라가기에는 너무나 벅찬 점수 차이었다.

하지만 베어스 팬들은 쉽게 자리를 뜨지 못했다.

노히트 노런이라는 대기록을 앞두고 한정훈이 마운드에 올라왔기 때문이다.

-한정훈 선수. 이제 마지막 이닝입니다.

한정훈의 모습이 잡힌 중계 화면으로 권성우 캐스터의 떨리는 목소리가 울렸다.

화면 한편으로 8이닝 0피안타 0실점 15탈삼진 2사사구라는 기록이 떠올랐다.

그리고 자그마한 글씨로 노히트 노런 진행 중이라는 알림 문구가 나타났다 사라졌다.

노히트 노런.

9이닝까지 안타와 실점을 내주지 않고 경기를 마무리 짓는 대기록.

국내 리그에 기록된 노히트 노런은 총 12회에 불과했다.

그리고 가장 마지막 기록은 베어스의 용병 투수였던 유키네스 마리아가 2015년, 히어로즈를 상대로 서울 홈경기에서 거둔 완봉승이었다.

공교롭게도 4년 만에 베어스의 홈구장인 서울 야구장에서 또다시 노히트 노런이라는 대기록이 작성되려 하고 있었다.

다만 4년 전과 다른 게 있다면 그때와는 달리 베어스가 당하는 입장이라는 점이었다.

"제발! 제발!"

"번트라도 대! 뭐라도 하라고!"

베어스 팬들은 선수들이 어떻게든 한정훈의 대기록 작성을 깨주길 바랐다.

개막전 홈경기를 보러 온 수많은 팬 앞에서 베어스가 더이상 무너지는 걸 보고 싶지 않았다.

그러나 경기 후반으로 가면 갈수록 활활 타오르는 한정훈을 상대로 안타를 뽑아내기란 말처럼 쉬운 게 아니었다.

"후우……."

타석에 들어선 9번 타자 김재하가 방망이를 힘껏 움켜잡았다.

앞선 두 타석의 결과는 삼진, 그리고 삼진.

세 타석 연속 삼진을 피하기 위해 초구부터 방망이를 휘둘러봤지만 살짝 잠긴 공은 박기완의 미트 속을 파고들고 있었다.

'초구부터 스플리터라니.'

김재하가 질근 입술을 깨물었다.

오늘 한정훈이 초구로 가장 많이 던진 구종은 포심 패스트볼이었다.

특히나 하위 타선을 상대로는 포심 패스트볼을 통해 기선을 제압하는 경우가 많았다.

그래서 김재하는 포심 패스트볼 하나만 노리고 타석에 들어섰다.

포심 패스트볼이라고 믿고 방망이를 휘둘렀다.

하지만 공은 마지막 순간에 스윙 궤적 밑으로 사라져 버렸다. 마치 자신의 노림수를 훤히 들여다보기라도 한 것처럼 말이다.

'하필 내 타석부터 볼 배합을 바꾸다니.'

김재하의 입에서 절로 한숨이 터져 나왔다.

선두 타자로서 어떻게든 기회를 만들어내야 한다는 부담감이 큰 상황에서 노림수마저 통하지 않으니 뭘 어찌 해야 할지 그저 막막하기만 했다.

그런 김재하를 상대로 한정훈이 곧바로 2구를 내던졌다.

후아앗!

홈 플레이트 바깥쪽을 빠르게 훑고 지나간 공은 순식간에 박기완의 미트 속으로 빨려 들어갔다.

159km/h의 포심 패스트볼.

바깥쪽에 온 신경을 집중하고 있어도 때려내기 어려울 만큼 너무나 빠른 공이었다.

"하아, 시팔. 진짜……."

김재하가 고개를 절레절레 흔들어 댔다.

마무리투수도 아니고 선발투수가 9회 159㎞/h라니.

반칙도 이런 반칙이 없었다.

하지만 한정훈은 김재하와 노닥거릴 여유가 없다며 3구째 바깥쪽 커터를 내던져 승부를 마무리 지었다.

코스 자체도 스트라이크였지만 2구째 포심 패스트볼을 지켜보기만 했던 김재하가 반사적으로 휘돌린 방망이가 허공을 가르며 심판의 삼진 콜을 이끌어냈다.

원 아웃.

베어스 팬들은 망연자실한 눈으로 고개를 숙이며 물러나는 김재하를 바라봤다.

"아직 안 끝났어!"

"수민이가 해줄 거야."

일부 팬들은 정수민에게 희망을 걸었다.

작년에 타율 3할 3푼을 기록하며 시즌 마지막까지 수위 타자 경쟁을 치렀던 정수민이라면 이제 하나 정도는 쳐 줄 때라고 기대했다.

─1번 타자 정수민 선수. 타석에 들어섭니다.

─네 번째 타석인 만큼 한정훈 선수도 주의할 필요가 있습니다.

이용헌 해설위원도 한정훈의 노히트 노런 달성에 마지막 고비로 정수민을 꼽았다.

공을 맞추는 재주도 좋고 발도 빨라서 타구가 내야 깊숙한 곳으로 날아간다면 어떤 결과로 이어질지 장담하기 어려웠다.

'이렇게 된 거 뭐라도 해야 해.'

정수민도 마음을 단단히 먹었다.

앞 타석에서는 빈볼에 대한 두려움 때문에 몸을 사렸지만 노히트 노런이 코앞까지 다가온 지금은 도저히 그럴 상황이 아니었다.

이번 타석에서도 삼진을 먹는다면 굴욕적인 패배에 대한 모든 책임이 자신에게 날아들지 몰랐다.

'번트. 번트를 대자.'

내야수들의 수비 위치를 살핀 정수민이 타격 자세를 낮췄다.

발 빠른 정수민의 타석이었지만 내야수들은 번트 플레이에 대한 대비를 하지 않고 있었다.

2루수와 유격수의 수비 위치는 제법 깊었다.

1루수와 3루수는 라인 쪽에 두어 걸음 붙어 서 있었다.

확률이 낮은 번트 플레이보다는 정수민의 타구가 내야를 빠져나가지 못하게 만드는 데 초점을 맞춘 것이다.

덕분에 번트를 댈 만한 공간은 많았다.

한정훈이 투구 후 1루 쪽으로 몸이 기우는 만큼 3루 쪽으로만 공을 굴려낼 수 있다면 안타도 가능할 것 같았다.

"후우……."

길게 숨을 고르며 정수민이 방망이를 들어 올렸다.

그 순간, 한정훈의 초구가 바람 소리를 내며 날아들었다.

코스는 몸 쪽. 구종은 포심 패스트볼.

'됐다!'

정수민은 재빨리 타격 자세를 전환하고 3루 쪽으로 방망이를 비틀었다.

그런데.

딱!

마지막 순간에 가라앉은 공이 방망이의 밑동에 걸리며 홈 플레이트를 맞고 튀어 올랐다.

"젠장!"

타구를 확인할 새도 없이 정수민은 미친 듯이 1루로 내달렸다.

그러면서 속으로 파울이 되라고 외쳤다.

하지만 튕겨 오른 공을 박기완이 영리하게 포구하면서 타구는 페어 볼로 인정됐다.

펑!

박기완이 힘껏 내던진 공이 1루수 황철민의 글러브 속에 정확하게 빨려 들어갔다.

정수민이 어떻게든 살아보겠다고 몸을 날렸지만 1루심은 냉정한 얼굴로 아웃을 선언해 버렸다.

"아아! 망했다."

"시팔! 진짜 뭐하자는 거야!"

마지막 반전을 기대했던 베어스 팬들의 입에서 절규가 흘러 나왔다.

반면 노히트 노런을 기다리는 스톰즈 팬들은 두 손을 모으고 기도를 시작했다.

대기록까지 남은 아웃 카운트는 하나.

그리고 타자는 공교롭게도 오재운이었다.

―2번 타자 오재운 선수. 타석에 들어섭니다.

―김태영 감독. 대타 카드를 너무 아끼는 것 같다는 생각이 들긴 하지만 상황이 상황인 만큼 오재운 선수를 믿고 맡기는 모양입니다.

―오재운 선수도 주장으로서 상당히 부담스러울 것 같은데요.

―그건 한정훈 선수도 마찬가지겠죠. 오재운 선수 타석 때 처음으로 주자를 출루시켰으니까요.

―결국 서로 부담을 느낄 수밖에 없다는 말씀이신데 어느 선수가 먼저 부담감을 이겨낼지, 시청자 여러분들도 끝까지 지켜보시기 바랍니다.

훙! 후웅!

온몸을 짓누르는 부담감을 털어내기 위해 오재운이 힘껏 방망이를 휘돌렸다.

그리고 애써 담담한 얼굴로 타석에 들어섰다.

'대기록을 앞두고 또다시 위협구를 던지지는 않겠지.'

오재운은 한정훈도 노히트 노런이라는 기록 앞에 신중해 질 수밖에 없다고 여겼다.

그래서 또다시 홈 플레이트 쪽에 붙어 섰다.

앞선 타석처럼 바짝 붙지는 않지만 적어도 몸 쪽 공을 던지는 데 부담을 주고 싶었다.

좌 타자 몸 쪽으로 파고드는 한정훈의 공은 하나같이 위력 이 넘쳤다.

한정훈이 투수판 오른쪽 끝을 밟고 공을 던지는 터라 좌타 자들이 느끼는 체감 구속은 실제 구속보다 훨씬 빨랐다.

오죽했으면 좌타자가 한정훈을 상대하는 유일한 방법은 그냥 눈감고 휘두르는 것뿐이라는 말이 나올 정도였다.

물론 한창때였다면 오재운은 오기로라도 한정훈의 공을 때려내기 위해 노력했을 것이다.

하지만 한국 나이로 서른일곱이 된 지금은 스윙 스피드만 으로 한정훈의 공을 따라잡기가 쉽지 않았다.

'바깥쪽 공이라면…… 하나만 걸린다면…….'

오재운이 방망이를 단단히 움켜쥐었다.

그리고 도발하듯 한정훈을 매섭게 노려보았다.

그 순간 한정훈이 기다렸다는 듯이 공을 내던졌다.

그런데 예상과는 달리 한정훈의 손끝을 빠져나간 공은 곧바로 몸 쪽으로 날아들었다.

"윽!"

깜짝 놀란 오재운이 한 발 뒤로 물러섰다.

전 타석 때 남아 있던 위협구의 잔상이 몸을 뒤로 잡아끈 것이다.

하지만 정작 공은 홈 플레이트 가장자리를 정확하게 지나 박기완의 미트 속에 빨려 들어갔다.

"스트라이크!"

구심이 곧바로 팔을 들어 올렸다.

오재운이 어째서 뒷걸음질을 쳤는지 알 수는 없지만 한정훈 특유의 제구력이 동반된 완벽한 코스의 스트라이크였다.

"후우……."

오재운이 길게 한숨을 내쉬었다.

빈볼까진 아니더라도 최소 위협구일 것이라 여겼던 공이 너무나 깨끗하게 스트라이크존을 통과해 버렸다.

게다가 구종은 포심 패스트볼이었다.

좌타자 몸 쪽에서 바깥쪽으로 휘어나가는 투심 패스트볼이었다면 그러려니 하겠지만 포심 패스트볼에 겁을 먹었다는 게 스스로도 이해가 가질 않았다.

'쫄지 말자. 버텨야 해.'

상념을 털어내듯 오재운은 제 손으로 헬멧을 툭툭 내려쳤다.

그리고 다시 방망이를 들어 올렸다.

타격 위치는 처음보다 반 보 정도 뒤로 물러났다.

어쩌면 홈 플레이트에 지나치게 붙은 탓에 한정훈의 공이 더 위협적으로 느껴진 것일지도 모른다고 생각했다.

그러나 한정훈이 내던진 2구가 또다시 몸 쪽으로 날아들었을 때, 오재운은 자신의 생각보다 상황이 심각하다는 사실을 직감했다.

"윽!"

공이 한정훈의 손을 떠나기가 무섭게 오재운은 또다시 오른 발을 뒤로 빼 버렸다.

자신을 똑바로 노려보는 한정훈의 시선 속에서 맞추겠다는 의지가 보인 것이다.

하지만 이번에도 공은 몸 쪽 스트라이크존을 깨끗이 통과했다.

구속이 158㎞/h가 찍히긴 했지만 오재운이 위협구로 느낄 만한 성질의 공은 전혀 아니었다.

'뭐야? 뭐가 어떻게 된 거야?'

오재운은 멍한 얼굴로 타석에서 벗어났다.

설마하니 앞선 타석 때문에 몸 쪽 공에 대한 트라우마가 생겼을 줄은 전혀 예상하지 못한 반응이었다.

그것은 공을 던진 한정훈도 마찬가지였다.

'아직 본게임은 시작도 안 했는데 왜 저래?'

한정훈이 초구에 이어 2구까지 스트라이크를 던진 건 오재운을 억지로 판에 끌어다 앉히기 위해서였다.

팀이 노히트 노런으로 패할지도 모르는 상황에서 투 스트라이크로 몰리면 오재운도 어쩔 수 없이 방망이를 휘두를 수밖에 없을 터.

그때 몸 쪽에 공을 조금 더 붙여서 마지막 경고를 날릴 생각이었다.

동업자 정신이 부족하다고 욕을 들어먹을 수도 있겠지만 좋은 게 좋은 거라는 식으로 웃으며 이 싸움을 마무리 짓고 싶은 생각은 추호도 없었다.

그런데 앞선 타석만으로도 경고의 효과는 확실했던 모양이었다.

'쳇.'

박기완의 사인을 확인한 한정훈이 살짝 미간을 찌푸렸다.

박기완 역시 더 이상의 신경전은 불필요하다며 미트를 바깥쪽으로 움직였다.

마지못해 고개를 끄덕인 뒤 한정훈은 있는 힘껏 공을 내던졌다.

퍼어엉!

게임의 종료를 알리는 마지막 공이 박기완의 미트를 찢듯 파고들었다.

그 공을 멍하니 바라보던 오재운이 힘없이 고개를 떨어뜨렸다.

최종 스코어 14 대 0.
서울 개막전의 승자는 스톰즈였다.

2

경기가 끝나기가 무섭게 한정훈의 노히트 노런 소식이 각종 포털 사이트를 뒤덮었다.

[한정훈, 통산 13번째 노히트 노런 작성!]
[통한의 사사구 2개. 한정훈 KBO 최초 퍼펙트게임 놓쳐!]
[한정훈 노히트 노런 완벽투! 스톰즈 베어스 잡고 개막전 승리!]
[MVP 2연패도 이상 무! 한정훈 개막전부터 노히트 노런!]

기자들은 앞다투어 한정훈의 노히트 노런 기사를 실었다.
같은 날 다이노스의 테일즈가 통산 3번째 사이클링 히트를 작성하며 팀을 승리로 이끌었지만 한정훈의 노히트 노런 소식에 완벽하게 묻혀 버리고 말았다.
4년 만에 작성된 노히트 노런 소식에 야구팬들의 반응도 뜨거웠다.

└한정훈 대박. 진짜 잘한다는 말도 지겹다.

└한정훈 때문에 쓸데없이 눈만 높아져서 큰일이다.

└솔직히 좀 늦은 감이 있지. 작년 시즌만 해도 노히트 노런 직전까지 갔다가 깨진 경기만 대여섯 경기 정도일걸?

└2년 차 징크스 떠든 인간들 어디 갔냐? 한정훈이 2년 차 징크스? 개솔은 집에 가서 하고 내 장담하건대 선동연 평자 기록 올해 100퍼 깨진다.

야구팬들은 항간에 떠돌던 한정훈의 2년 차 징크스 가능성을 일축해 버렸다.

스플리터 장착도 대단했지만 그보다는 작년보다 훨씬 공격적으로 변한 피칭 스타일에 감탄을 금치 못했다.

한정훈의 얌전한 투구가 유일한 약점이라고 떠들던 야구팬들조차 개막전 경기 이후로는 완전히 입을 다물어버렸다.

물론 한정훈이 내준 사사구에 대해서는 한정훈 팬들 사이에서도 의견이 갈렸다.

└솔직히 퍼펙트게임 아깝지 않냐?

└맞아. 오재운하고 강의지한테 볼넷 내준 건 좀 바보 짓 같음.

└뭔 개솔이냐? 그럼 최준이 맞았는데 가만있냐?

└최준이 헤드샷 당한 것도 아니고 그 정도면 평범한 빈볼

아닌가?

ㄴ멍청아, 13 대 0으로 벌어진 상황에서 최준 맞춘 게 실수겠냐? 한정훈은 털 자신 없고 그러니까 괜히 4번 타자 처맞춘 거 아냐?

ㄴ베어스가 먼저 비열한 짓 했으니까 한정훈도 빡 돈 거지. 그거 가지고 뭐라고 하는 놈들은 야구 볼 자격이 없다.

ㄴ그래도 굳이 한정훈이 악역을 도맡을 필요가 있었을까?

ㄴ왜? 난 오히려 그게 더 좋아 보이던데? 에이스랍시고 몸 사리는 투수들보다 한정훈이 백배 낫다.

야구팬들만큼이나 야구 전문가들도 다양한 의견을 내놓았다.

야구가 팀 스포츠인 만큼 한정훈의 보복성 투구를 이해한다는 반응들이 일반적이었지만 후배로서 지나쳤다는 의견도 적지 않았다.

특히나 일부 원로 야구인은 실력이 뛰어난 젊은 선수들은 선배 야구 선수들에 대한 존경심을 가질 필요가 있다며 우회적으로 한정훈을 질책하기도 했다.

선후배 관계를 철저하게 따지는 야구계에서 한정훈의 분노를 실력만 믿고 벌인 일종의 하극상 정도로 받아들인 것이다.

그러나 한정훈은 최일식과의 인터뷰를 통해 앞으로도 에

이스로서 할 수 있는 모든 걸 다 할 생각이라며 자신의 선택에 후회가 없음을 밝혔다.

이후에도 한정훈은 고의성 짙은 빈볼이 나올 때마다 예외 없이 보복성 피칭을 이어 나갔다.

자신이 등판하지 않은 경기라 하더라도 예외는 없었다.

실수로 나온 빈볼에 제대로 사과와 양해가 이루어진 경우라면 이해하고 넘어갔지만 그렇지 않은 경우에는 자신의 등판 때 이자까지 쳐서 톡톡히 되갚아주었다.

그 모습이 어찌나 독해 보이던지 한정훈의 버르장머리를 고쳐 주겠다던 선수들조차 슬그머니 꼬리를 말 정도였다.

풋풋한 신인의 탈을 벗고 에이스로서 본색을 드러낸 한정훈의 맹활약 속에 스톰즈는 시즌 초반부터 6할이 넘는 승률을 유지하며 선두 다이노스의 뒤를 바짝 뒤쫓았다.

그리고 올스타 브레이크를 하루 앞두고 스톰즈는 기어코 서부 리그 1위에 올라섰다.

to be continued

내 안에 몬스터 있다

형상준 현대 판타지 장편소설

태양의 흑점 폭발과 함께 새로운 시대가 찾아왔다!

마나와 능력자, 그리고 몬스터가 존재하는 현대.
그리고 그곳을 살아가는 마나석 가공 판매업자 김호철.
평소처럼 마나석을 탄 꿀물을 마시던 그는
번개에 맞고 신비로운 힘을 각성하게 되는데…….

'내 안에서 몬스터가…… 나왔다?'

그것도 김호철이 먹은 마나석의 개수만큼 많이.

레벨 업 어게인

LEVEL UP AGAIN

잘은 모르겠지만 과거로 돌아왔다.

최단 기간, 최고 속도 레벨 업, 노블레스 등급 클리어.
생각지 못했던 행운들에 시스템상 주어지는 위대한 이름,
앰플러스 네임까지.

모든 게 좋았다.
사랑했던 여자도 이젠 지킬 수 있을 것 같았다.

[앰플러스 네임 '빛의 성웅'이 성립됩니다.]

그런데 뭐냐. 이 요상한 이름은……?
나 그런거 아닌데. 아 진짜. 아니라니까요.

Wish
Book

포테
POTENTIAL

어떤 사물에는 그것을 오랜 기간 사용한
사람의 잠재된 능력이 고스란히 담긴다.
그리고 난 그것을 사용할 수 있다.

천재 디자이너, 죽은 이도 살리는 명의,
감성을 울리는 피아니스트, 바람기 가득한 첩보원.
그 누구라도 될 수 있다. 단, 애장품만 있다면!

달인의 눈으로 세상을 바라보는,
유쾌한 민호의 더 유쾌한 애장품 여행기!